通识简说·国学系列

诗坛高手
为何多出唐代

简说唐诗

顾问／温儒敏　主编／郑以然

李夏／著

SPM 南方出版传媒

全国优秀出版社　全国百佳图书出版单位　广东教育出版社

广州

图书在版编目(CIP)数据

诗坛高手为何多出唐代：简说唐诗／李夏著；郑以然主编. —广州：广东教育出版社，2018.6（2020.11重印）
（通识简说. 国学系列）
ISBN 978-7-5548-1700-1

Ⅰ. ①诗… Ⅱ. ①李…②郑… Ⅲ. ①唐诗—青少年读物 Ⅳ. ①I222.742

中国版本图书馆CIP数据核字（2017）第080127号

策　　划：温沁园
责任编辑：邱　方　李南男　梁　岚
责任技编：佟长缨　刘莉敏
版式设计：陈宇丹
封面设计：学建伟　陈宇丹　邓君豪
插　　图：焦　洁

诗坛高手为何多出唐代　简说唐诗
SHITAN GAOSHOU WEIHE DUOCHU TANGDAI
JIANSHUO TANGSHI

广东教育出版社出版发行
（广州市环市东路472号12-15楼）
邮政编码：510075
网址：http://www.gjs.cn
北京一鑫印务有限责任公司印刷
（北京市顺义区北务镇政府西200米）
890毫米×1240毫米　32开本　8.5印张　170 000字
2018年6月第1版　2020年11月第2次印刷
ISBN 978-7-5548-1700-1
定价：38.00元

质量监督电话：020-87613102　邮箱：gjs-quality@gdpg.com.cn
购书咨询电话：020-87615809

总 序

　　互联网的出现，尤其是智能手机的使用，让现代人获取知识的方式有了翻天覆地的改变。在我当学生的时候，是真的每天在"读"书，通过大量的阅读，获取第一手的资料，不断思考探究，构建自己的知识体系。而今天呢？一个孩子获取知识，首先想到的是动动手指，问问网络。

　　学习的方式便捷了，确有好处，但削弱了探寻、发现和积累的过程，学得快，忘得也快。有研究表明，过于依赖互联网会造成人的思维碎片化，大脑结构也会发生微妙的变化，表现为注意力不集中、记忆力减退等。看来我们除了通过网络来学习知识，还得适当阅读纸质书，用最传统的、最"笨"的方法来学习。这也是我一直主张多读书，特别是纸质书的缘故。我们读书必然伴随思考，进而获取知识，这个过程就是在"养性和练脑"，这种经过耕耘收获成果的享受，不是立竿见影的网上获取所能取代的。另外，我也主张别那么功利地读书，而是要读一些自己真正喜欢的书，也就是闲书、杂书，让我们的视野开阔，思维活跃。读书多了，脑子活了，眼界开了，更有助于考试取得好成绩。

1

有的小读者可能会说，我喜欢读书，但是学校作业很多啊，爸爸妈妈还给我报了很多课外班，我没有那么多时间读"闲书"呀！这个时候，找个"向导"，帮你对阅读书目做一些精选就非常必要了。比如你喜欢天文学，又不知道如何入门，应当先找些什么书来看？又比如你头脑中产生了一个问题——为什么唐代的诗人比别的朝代要多很多呢？这时候你需要先了解唐诗的概况，才能进一步探究下去。在日常的生活和学习过程中，诸如此类的小课题很多，如果有一种书，简单一点、好懂一点，能作为我们在知识海洋里遨游的向导，那就太好了。广东教育出版社出版的"通识简说"，就是一位好"向导"。

　　这套"通识简说"，特点就是简明扼要、生动有趣，一本薄薄的书就能打开一个学科殿堂的大门。这是一套介绍"通识"的书，也是可以顺藤摸瓜、引发不同领域探究兴趣的书。这套丛书覆盖文学、历史、社会和自然科学的方方面面，第一期先出十种，分为国学和科学两个系列。《回到远古和神仙们聊天——简说神话传说》《古人的作文有多精彩——简说古文名篇》《简说动物学——动物明星的生存奥秘》《简说天文学——"外星人"为何保持沉

诗坛高手为何多出唐代

默》……看到这些书名你就想读了吧？选择其中一本书，说不定就能引起你对这门学科的兴趣，起码也会帮你多接触某一领域的知识，很值得尝试哟。每本书有十多万字，读得快的话，几天就能读完，读起来一点都不累。图书配的漫画插图风趣幽默，又贴合主题，也很有味道。

　　希望"通识简说"接下来能再出10本、20本、50本，让更多的孩子都来读这套简明、新颖又有趣的书。

（作者系北京大学中文系教授，部编版语文教材总主编）

开篇的话

　　有些小朋友说不喜欢学诗，说那些诗人动不动就要写诗，有些诗又长又难背，即使背得滚瓜烂熟还是不知道诗歌的含义，因此感觉诗人和诗歌都挺没劲的。

　　真的是这样吗？

　　看，皇帝哥哥李显今儿得闲了，跑去妹妹太平公主的寓所南庄大摆筵席，觥筹交错间，那一帮子文臣侍从又开始写一首首马屁诗了。这些诗歌确实挺没劲的，请你再往下看。

　　一个风和日丽的日子，唐玄宗李隆基想起沉香亭前的牡丹花该开了，姹紫嫣红，煞是好看，再看看这天，正是赏花的好天气啊。他按捺不住赏花的心情，立马骑上自己的大白马，带上最宠爱的妃子杨玉环，前往牡丹园一睹花容。有花，有美人，玄宗还是觉得不美满，叫来善于唱歌的李龟年，再从宫中艺人中挑出最会弹曲的乐师，准备来一个小型音乐会。正待李龟年润完嗓子开唱的时候，唐玄宗又说："贵妃是识文懂乐的佳人，在这观赏名花的良辰，怎么还用老的歌词呢？去！让李白作三首《清平调》词。"李龟年找到李白时，他却因前一晚喝酒喝得有点多，现在还没醒呢！被叫起床后，李白很高兴地接旨了，虽然还有点晕晕乎乎，但拿过那绘满金花的纸就写起诗来，第一句便是"云想衣裳

1

花想容，春风拂槛露华浓"。还是觉得没劲？没关系，请你再看。

翩翩美少年王维带上心爱的琵琶，跟随岐王，来到公主宅第参加艺术沙龙。一曲《郁轮袍》让公主听了感到十分新奇，顿时拜倒在王维的琵琶琴下，问王维可还有别的才华，王维微微一笑，便将准备好的诗歌献上。公主一读，果然了不得，还说这些诗都是她读过的，以前一直认为是古人写的，现在终于明白了，原来是你这位帅哥所写呀！于是公主便让王维更衣，把王维奉为座上宾。

再看，唐德宗贞元十二年（公元796年），一位寒酸土气的中年人在长安的进士榜前看了无数次，再三确认自己榜上有名后，才高兴地叫出声来："我考上了！我考上了！"这个人就是46岁的孟郊。放榜之时正逢春季，万花齐放，姹紫嫣红，孟郊骑上快马，乘着春风，飞驰在长安街头，好像一天之内就看遍了长安的无数繁花，回家乘兴写出了"春风得意马蹄疾，一日看尽长安花"。

再看，三十出头的杜牧在扬州真不老实。在淮南节度使牛僧孺的幕府中做着官呢，却寄情于饮酒宴游，流连于花街柳巷，每晚都偷偷溜出去玩，还以为牛老板不知道。姜还是老的辣，牛老板一直在暗中保护他的安全，知道这三年杜牧晚上去过的任何一个地方，直到离别时才语重心长点出来告诫杜牧。多年后杜牧感慨"十年一觉扬州梦，赢得青楼薄幸名"，但对牛僧孺终身感激。

再看，王勃真倒霉！沛王李贤与英王李显约好斗鸡，王勃一时兴起，为沛王写了一篇《檄英王鸡》的文章，讨伐英王鸡，为沛王鸡呐喊助威，沛王也一本正经地像下战书一样送给了英王。结果被唐高宗李治看到了，龙颜大怒，下令即刻将王勃逐出王府，且再也不得返回。本来王勃只是闹着玩的，没有想到竟受到了如此严酷的惩罚，无异于晴天霹雳，大好前程自此葬送，却开启了另一段人生。

再看，那贺知章多喝了点酒，醉眼蒙眬地骑在马上，骑马的姿态就像乘船那样摇来晃去，不小心跌进了井里，丝毫没有察觉，还在井里熟睡不醒。贺知章是谁？不正是写出"少小离家老大回，乡音无改鬓毛衰"那位嘛！

再看，精诗文、通音律的美女薛涛厌倦了官场逢场作戏的日子，将自己从乐籍中赎了出来，搬到了浣花溪边住，开始施展她的另一项绝世才华——造纸。她把乐山特产的胭脂木浸泡捣拌成浆，加上云母粉，渗入玉津井的水，制成红色的彩笺，上有松花纹路，专门用来誊写自己的诗作。这个发明得到了后人的肯定，取名"薛涛笺"。

再看，皓月当空，烟波浩渺，波光荡漾的江水绵延千万里，冰凉如水的月光照耀在花林。有一位诗人正在吟唱"江畔何人初见月？江月何年初照人？"，这位诗人正是千百年来神秘至极的张若虚。

……

诗人和诗歌远比你想象的更有意思。如果你读不懂诗，一定是还未将诗人激活，尤其未将唐朝诗人激活。唐代近三百年，诗坛高潮迭起，一个高潮接一个高潮。每一首诗的背后，都有一位鲜活的诗人，他们在诗歌里尽情展示着生命的各种状态，或哭或笑或癫或狂，都无比真实。激活诗人后，你将开启一扇通往新世界的大门。在这个新世界里，探索唐朝诗人们跌宕起伏的命运奥妙，感受唐诗剪春裁秋的非凡气魄，为生命喝彩。

目
录

1

诗坛高手为何多出唐代

诗歌最繁荣的朝代
为什么是唐？

黄河远上
白云间
一片孤城
万仞山
羌笛何须
怨杨柳
春风不度
玉门关

一提到诗，我们脑海中立马就能联想到唐诗，我们能数出来的大诗人，能随口背诵的诗作，大多属于唐朝。而且，从唐朝至今，人们对唐诗的评价都很高，公认唐诗是中国诗歌史上的一颗明珠，代表着登峰造极的诗歌成就。这是为什么呢？唐诗经受了漫长岁月的洗礼，流传至今家喻户晓，它究竟有什么特别之处？带着这些疑问，让我们先来瞧瞧唐朝的诗歌是怎样一派繁荣景象。

首先，唐朝是一个"诗的朝代"，上自王公贵族下至平民百姓，都会作诗。诗人一多，诗的数量自然就多了。怎么个多法？有书为证。有一部清朝初年编的唐代诗歌总集，叫《全唐诗》，里面收录唐诗四万多首，但这只是唐诗的一小部分，其余唐诗皆已失传。说到诗的数量，有人就不服了，新编《全宋诗》约四千卷，共收两宋十一万多名诗人的二十多万首诗作，收录诗作数量是《全唐诗》的五倍，如按数量来说难道不是宋诗更繁荣吗？诗作数量当然是诗歌繁荣的一个重要的衡量因素，但不仅限于此。中国有一句俗话："熟读唐诗三百首，不会作诗也会吟。"熟读了三百首唐诗，就掌握基本的作诗能力了，可见老百姓对唐诗的推崇。从没有听过"熟读宋诗三百首""熟读清诗三百首"吧？这还说明唐诗不仅数量多，脍炙人口的名作也多。

唐代人口最盛时有五千万，相当于今天一个大省的人数，但传世的知名诗人就有2300多人，由此可见，唐诗数量虽然不是最多的，但绝对是流传最广、最受肯定的，并且，诗与唐朝人的生活紧密相连。达官贵人把比赛写诗当作消遣，平常读书人交际应酬要写诗，游览观光要写诗，登临怀古要写诗，感时伤怀要写诗，怀才不遇要写诗，饥寒交迫更要写诗。诗是一种表达工具，也是一种生活方式。更重要的是，写诗的不仅仅是知识分子，很多平民老百姓也喜欢作诗呢！在敦煌写卷里发现了一批主要创作于唐代的通俗诗，共1300多首，其中有名字的只有225首，其他没有名字的大部分是产生在民间的，也就是普通老百姓写的，可见民间诗歌创作的繁荣。

其次，唐代崇拜诗人，有名诗人的诗作在当时就广为流传。有个成语叫作"旗亭画壁"，形容文才略胜一筹。旗亭，就是酒家、酒亭，古代酒家的招牌是挂一面旗或一块布在外面，上面写着"某某酒家"，所以酒亭就叫旗亭。这个成语出自唐人薛用弱的《集异记》，是一个十分有趣的唐诗故事，这个故事能够让我们感受到唐代诗歌的流行程度。

相传唐朝开元年间（公元713—741年），有三位诗人，分别是王昌龄、高适和王之涣。王昌龄有一个雅号叫"七绝圣手"，说的是他写的七言绝句超凡入圣，可见王昌龄在盛唐诗坛的地位。高适和王之涣是盛唐著名的边塞诗人。这三位诗人都很有才华，但当时仕途都还不很顺畅。一天，他们在长安相遇，天气寒冷极了，还飘着小雪，以雪佐酒，再好不过。三人很有雅兴，就约好去旗亭喝杯小酒叙叙旧。诗人嘛，在一起就谈谈诗，聊得很愉快。

过了一会儿，一群梨园伶官突然嫣声笑语地相拥而来，带着笙箫琵琶，到旗亭举行内部宴会。三位诗人就退到隔壁的小屋子里烤着炉火看着他们，不一会儿就有四个穿着绚丽服饰的歌女飘飘而来，伶官乐工歌女们平常都是为王公贵族演奏，现在都是自己人，当然也要用丝竹声来助兴。不一会儿，奏乐声响起来了。

在唐代，诗是可以入乐，也就是可以演唱的。一般歌女唱的歌词都是有名诗人写的诗。而王昌龄、高适和王之涣三个人，都有一定诗名，一直没分出个高下优劣，正好就想乘此机会比试一下。三位诗人约定，歌女们唱到谁的诗，谁就在墙上画一笔作为记号。谁的记号多，就算谁的诗最好。起初，有两位歌女分别唱了两首王昌龄的绝句，还有一位歌女唱了高适的绝句。而王之涣呢，一首还没有。

王昌龄、高适都暗笑王之涣要丢面子了，等着看王之涣的笑话。王之涣认为自己成名已久，并不着急，还很淡然地说："刚才唱歌的这些歌女都上不了台面，唱的都是下里巴人的东西。"他指着歌女里最美的一位说，"待会她唱，如果不是我的诗，那我一辈子也不敢和你们比诗！如果是我的诗，那么两位得拜我名下，认我为师。"高适和王昌龄见王之涣夸下如此海口，笑着点点头，等着看王之涣的笑话。没想到的是，等这位歌女一开腔，唱的果然是王之涣的《凉州词》："黄河远上白云间，一片孤城万仞山。羌笛何须怨杨柳，春风不度玉门关。"三人哈哈大笑。伶人们听到笑声，问起缘故，忙恭敬地邀请他们三人上座，畅饮一整天。

从上面的故事可以看出，唐朝不仅将诗唱出来作为平常的风俗，而且好的作品在当时就能得到广泛的流传。这一定程度反映了唐诗的繁荣，唐朝确实是一个"诗的时代"。

故事讲到这里，我们回归正题，为什么在唐代以前，在汉魏隋的时代，诗歌没有这么繁荣？为什么在唐朝以后，历经宋元明清各代，诗歌没有这么兴盛？诗歌最繁荣的朝代为什么偏偏是唐？

影响唐诗繁荣的内部因素

我们知道，一棵树，从种子发芽，到长出枝杈，再到枝繁叶茂硕果累累是需要时间的，也需要土壤和养分，更需要阳光和雨露。诗歌的发展也是一样，诗歌的形式就好比是树干，诗歌的内容就像是树叶，从最初的形成到发展，各个朝代的探索给予了诗歌土壤和养分，树干慢慢舒展，各种形状的枝杈生长壮大，形成了树的基本轮廓。而树叶，一片片长出来，越来越多，越来越浓密，到某一个气候暖和、阳光充足的季节，它长成了参天大树。而唐朝，就是这样一个美好的季节。这时候，时机成熟了，诗歌有条件实现重大突破，达到发展的顶峰。

我们从头说起，在文字出现之前，口头创作的歌谣就是诗的前身。歌谣的节奏，最主要靠重叠或者复沓。有了文字以后，才有人将那些歌谣记录下来，便是最初的诗了。一个人高兴了，悲伤了，劳动累了，喝醉了，都可以唱歌，唱自己创作的或者现成的，唱得不过瘾还要站起来跳舞。后来，歌谣不仅仅有个人抒发情绪的作用，在当权者眼中，具有了各种各样的功能，比如通过诗来讽谏颂美，或者收集诗来了解民生等，也出现了专门的乐工，来制谱歌唱。到了战国时代，新乐代替了古乐，战争年代，职业的乐工纷纷散走，乐谱就此失传，但还有三百来篇唱词流传下来，便是后来的《诗经》了。

不少人只知道《诗经》，却不知还有一部作品《楚辞》，也很重要。它的作者是屈原——我们端午节吃粽子赛龙舟要纪念的那个人。《诗经》和《楚辞》是中国诗歌的两大源头，可以说是以后诗歌成长的重要土壤。《诗经》是集体创作的，收录诗歌305篇，内容十分广泛，像一轴巨幅画卷，西周到春秋时期的政治、经济、军事、文化以及世态人情、风俗民情等等，在其中都有形象的表现。《楚辞》不一样，它是屈原一人的作品，有着强烈的个人色彩，在其中，屈原展示了自己丰富变幻的心路历程，采用字数多少不十分固定的"骚体"，反映了强烈的浪漫主义风格。后来到了汉代早期，乐府诗扩充了《诗经》的现实主义传统，通俗易懂，有着强烈的生活气息。而在汉乐府的影响下，文人的五言诗逐渐发展成熟，东汉末年出现了《古诗十九首》，这些抒情短诗开始委婉含蓄起来，很质朴但又凝练。之后魏晋的"建安风骨"、阮籍的个人抒情诗、左思的咏史诗、陶渊明的田园诗、南北朝的山水诗等的出现及发展，为唐诗提供了丰富的题材与风格储备。

土壤和养分有了，叶子已经长得差不多了，但没有枝杈是不行的，我们没有忘记它，来，一起看看诗歌的形式方面的发展给唐诗繁荣带来的贡献。

我们知道，《诗经》以四言为主。四言的结构和节奏是最简单的一种形式，如"昔我往矣，杨柳依依，今我来思，雨雪霏霏"就写得很美，二二节拍，很稳重。不过四言呢，缺少变化，它的表现力是不足的。随着社会的发展与双音节词汇的增加，人们表情达意需求的增长，四言诗就不能满足这种需要了，于是，人们为了摆脱这种慢慢变得僵化的形式就尝试新的体式，五言诗、七言诗应运而生，并且逐渐占据主流地位。其中的"言"，指字。五言诗就是每句都是五个字组成的诗，像我们熟悉的李白的《静夜思》"床前明月光，疑是地上霜。举头望明月，低头思故乡"就是典型的五言诗。再看李白的七言诗《早发白帝城》："朝辞白帝彩云间，千里江陵一日还。两岸猿声啼不住，轻舟已过万重山。"每句由七个字组成，就是七言诗。

　　五言诗、七言诗比四言诗就多几个字，怎么就逐渐取代了四言诗在诗歌中的"霸主"地位了呢？这个嘛，也好理解。就拿五言诗为例，它与四言诗相比，洋气不少，至少有两个得意之处。其一，由于增加了一个字，内容的含量就相应扩大了，能更好地叙述与抒情。其二，五言的句式有更丰富的节拍，如孟郊的《游子吟》，都是二三的节奏："慈母/手中线，游子/身上衣。临行/密密缝，意恐/迟迟归。谁言/寸草心，报得/三春晖。""慈母"是两个字为一节拍，"手中线"是三个字为一节拍。同样的五言诗，李白的《子夜吴歌·秋歌》："长安/一片/月，万户/捣衣/声。秋风/吹/不尽，总是/玉关/情。何日/平/胡虏，良人/罢/远征。"还可以是二二一，或者二一二的停

诗坛高手为何多出唐代

顿，这样诗会感觉更灵动，也更符合人们吟唱的节奏。比起四言诗，是不是更有节奏感，更适合吟唱与入乐呢？

不仅仅是诗的字数的变化发展，还有音律、对偶、押韵等技巧的完善，这些东西，让诗歌的大树长得越来越粗壮，枝杈也越来越多了，现在，只需要一个温暖的季节，多一些阳光养分，让诗歌的大树直上云霄，更进一层。于是，诗歌进入了唐朝。

影响唐诗繁荣的外部因素

唐朝到底有哪些外部因素，让唐诗忽如一夜春风来，遍地开花呢？我们知道，唐朝是一个国力十分强盛的朝代，经济实力雄厚，多民族互相融合，形成了高度开放的文化。相比于其他朝代，唐朝的读书人视野更开阔，社会风气更自由开放。

这个和诗歌的繁荣有关系吗？很有关系！俗话说读万卷书，行万里路。唐朝的读书人就践行这句话，他们读的书不仅仅是儒家的经典，更会饱览群书，佛家、道家统统涉猎，不少人还诗、文、赋样样精通，书、画、歌舞都得心应手，用我们现在的话来说，就是素质教育实行得不错。至于行万里路，那时的知识分子大多都有读书漫游的经历，能够深入社会，结交朋友，开阔眼界。这样一来，唐朝知识分子就很少受到道德和习俗的约束，不仅没有宋明以后理学家统治下的桎梏束缚，也没有明清时期可怕的文字狱，也不像汉儒那样皓首穷经，除了背死书以外不关心其他的。个性自由的唐朝文化人，作起诗来就少了很多束缚，能够充分发挥自己的才情。

好了，诗人可以想写啥就写啥，也有充分的知识和实践积累。那么，那些文人为何偏偏都来写诗呢？这就讲到一个很重要的原因了，原来唐朝实行了科举制。这个制度从隋朝一直维持到了清末，发展到后面已经僵化了，成了读书人的噩梦。但科举制度在它最初的一段时期，在民众教育与人才选拔上，还是具有重大的积极意义的。隋唐以前，朝廷选拔人才都是要看家族地位的，有一句话叫"上品无寒门，下品无士族"，讲的就是魏晋时期实行的"九品中正制"制度。只要你出生在上等人家，不管才能和品德如何都能顺利做大官；如果你出生在下等人家，不管你才能和品德多么好也没办法做大官。

唐朝沿袭并创新了隋的科举制，贫寒人家的子弟也能参加科举，凭借自己的努力谋得一官半职，甚至金榜题名后光宗耀祖，实现自己的抱负。因此，科举制是每个读书人十分重视的一条出路。这个科举考试分进士和明经，而大家又格外重视中进士。自唐高宗起规定以诗赋作为进士考试的内容，也就是说，考试有一项要考诗赋，考生要写一首诗，还要写一篇赋，其中诗又特别重要。如此一来，读书人要想考上，那首先要会写诗，还要写得好。所以说，科举制度这一要求，推动了大家努力练习写诗的社会风气，让唐代全社会重视诗歌，这对唐诗的繁荣功不可没。

与科举制度相关，当时社会有一种风气叫作"行卷"。古人在很长的一张纸上写东西，然后卷起来，再在中间用带子系上，就叫作"卷"，也就是"读万卷书"中的"卷"。"行"就是送。那么什么是"行卷"？唐朝的科举考试是不糊名的，正因为不糊名，所以主试官就知道卷子是谁的，这个人平时的作品和声誉也就一清二楚了。要是某个考生在科举前就名扬天下，那他考取功名的概率就要比默默无闻的人大很多。因此，那些还未出名但又自负才华的考生就会想方设法推销自己，所谓"行卷"，就是把自己平时写得好的作品，送给别人看。送给谁呢？当然是有地位有权势的人，也有人直接送给考官，说请你看看，我的诗写得这样好，你收我做门生或者帮我推荐推荐。

关于"行卷"，还有一段佳话。唐朝有一名考生叫朱庆馀，他平日向官水部郎中的张籍"行卷"，已经得到他的赏识，但临近真正的考试，他还是有点紧张，不知道自己的诗作符不符合主考官的要求，自己的才华能不能考上进士。这种心情我们也能理解，中考或高考前，我们总是会忐忑，没有人说自己一定能旗开得胜。因此，朱庆馀这时又写了一首诗给张籍。诗作如下：

近试上张籍水部

洞房昨夜停红烛，待晓堂前拜舅姑。

妆罢低声问夫婿，画眉深浅入时无。

他很巧妙地以新妇自比，把张籍比作新郎官，把主考官比作公公婆婆，写下了这首诗，征求张籍的意见，从这里也能看出我们中国人说话很含蓄的特点。新媳妇在见公婆前一晚，很紧张，如果公婆对她印象不好以后的日子可就不好过了，因此会对自己的形象格外注意，于是打扮完轻声问一句夫君，自己的眉毛的深浅画得合不合适？既道出了新妇在见公婆前的紧张和不安，也说出了朱庆馀对科举考试的忐忑之心与重视。张籍见到这首诗，立马明白了朱庆馀的意思，也对这首诗十分赏识，于是大笔一挥，回了他一首诗。

酬 朱 庆 馀

越女新妆出镜心，自知明艳更沉吟。

齐纨未是人间贵，一曲菱歌敌万金。

由于朱庆馀的赠诗用比喻的手法写成，所以张籍回答他的诗也是如此。在这首诗中，他将朱庆馀比作一位采菱姑娘，人特别美，歌喉又响亮清澈，她唱的一曲采菱歌，千金不换，必然会受到人们的赞赏，暗示他不必为这次考试担心。朱庆馀的赠诗写得好，张籍也答得妙，可谓珠联璧合，自此之后，朱庆馀声名大震，他二人的故事也传为诗坛佳话。

由此可见，"行卷"的社会风气也有助于诗歌的创作、传播与繁荣。到了宋朝，科举实行糊名制，"行卷"的风气也就慢慢衰落。上面我们讲了影响唐诗繁荣的外在因素主要有唐朝社会风气的开放，知识分子的个性自由，还有科举制考诗赋的促进作用，以及"行卷"的推动作用。但还有一点，我们不能忽视，就是唐朝最高统治者大多喜欢诗歌，如唐太宗、武则天、唐玄宗等，他们的赏识与重视，也是唐代诗歌繁荣的重要原因之一。

第二章

最美的诗都是喝醉后写出来的？

在我国古代，酒和诗的历史，可谓源远流长，这二者像一对旧友，交情颇深。"曲水流觞"就是一个关于酒和诗的古老风俗。觞是一种酒杯，质地轻薄。所谓"曲水流觞"，就是人们在农历三月初三时，坐在弯弯曲曲的溪流旁，将特制的酒杯放在上游，水杯顺着水流缓慢流动，漂浮在水面上，在谁面前停下谁就拿起酒杯喝一杯，很过瘾。单纯喝酒，是俗事，赋诗饮酒，才是文人雅事。因此，后来的文人就对这个民俗进行发挥，酒杯停在谁的面前，还得作诗一首，这样既过瘾又文雅了。王羲之的名作《兰亭集序》记载的就是这一风流盛况，千百年来，传为佳话。

不仅仅在特殊的日子，酒和诗在平常的日子里也很亲密。几杯美酒下肚，胸口一热，有点文化的人便诗兴大发，怎么着也要乘兴吟出几句好诗来。要是·不小心喝醉了，有些人还会文思泉涌，泼墨如狂呢。诗人和酒，渐渐就凑在一起了。以诗著称的唐朝人，与酒的关系更不一般了。诗人刘禹锡在《百花行》中说："长安百花时，风景宜轻薄。无人不沾酒，何处不闻乐。"可见当时盛况。

唐诗，就散发着一股浓浓的酒香。如果将诗歌抽去酒的成分，那么唐代诗歌会顿然失去它原有的色彩。好的唐诗几乎有一半是在酒兴中写下来的，是酒催生出来的，毫不夸张地说，最美的诗都是喝醉后写出来的。何出此言？

我们所知的五万多首唐诗，其中直接写到酒的诗就有六千多首。而那些不是饮酒的名作，也大都是诗人酒后之作。李白、杜甫、白居易是唐朝三大著名诗人，不仅诗出名，他们的酒名也远扬在外。以他们三人为例，我们说一说唐诗和酒的故事。在这之前，我们先看一首诗。

（一）

《饮中八仙歌》是杜甫的作品，这首诗能够很好地帮助我们认识唐代诗人喝酒的盛况。

饮中八仙歌

知章骑马似乘船，眼花落井水底眠。

汝阳三斗始朝天，道逢麴车口流涎，恨不移封向酒泉。

左相日兴费万钱，饮如长鲸吸百川，衔杯乐圣称避贤。

宗之潇洒美少年，举觞白眼望青天，皎如玉树临风前。

苏晋长斋绣佛前，醉中往往爱逃禅。

李白斗酒诗百篇，长安市上酒家眠，天子呼来不上船，自称臣是酒中仙。

张旭三杯草圣传，脱帽露顶王公前，挥毫落纸如云烟。

焦遂五斗方卓然，高谈雄辩惊四筵。

诗中刻画了八位令杜甫倾倒的酒仙，这八个人，人人各异。只寥寥几句，八人的身份自然地揭示出来了，每个人的醉态也传神有趣地表现出来。八仙中首先出现的是贺知章，诗中说他喝醉酒后，骑马的姿态就像乘船那样摇来晃去，醉眼蒙眬，跌进井里竟在井里熟睡不醒，真是令人发笑。这个贺知章，就是写出《咏柳》和《回乡偶书》的大诗人，原来他喝醉酒是这般模样。

再看《饮中八仙歌》的第二位，汝阳王李琎。"汝阳三斗始朝天，道逢麹车口流涎，恨不移封向酒泉。"李琎是唐玄宗的侄子，宠极一时，因此，他敢丁喝下三斗酒后才上朝拜见天子。他在路上看到酒车竟然流起口水来，恨不得要把自己的封地迁到酒泉去。酒泉是汉朝设置的一个郡，在今天的甘肃省。由于唐代的皇亲国戚有资格承袭封地，因此八仙中也只有汝阳王李琎才会有换个封地的想法，可见杜甫抓住了这个人物的特点，下笔既真实又有分寸。

第三位出场的是李适之，天宝元年（公元742年）当过左丞相，后遭李林甫算计，便被罢相了。"左相日兴费万钱，饮如长鲸吸百川，衔杯乐圣称避贤"的前两句写出了他的酒量和豪奢。"乐圣"，即喜喝清酒，"避贤"，即不喝浊酒。原来曹魏时，曹操禁酒甚严。当时人忌讳说酒字，就把清酒叫圣人，浊酒叫贤人。因此又有"清圣浊贤"的说法。"避贤"既表示不喝浊酒，又表示辞去相位给贤者担任，一语双关，有讽刺李林甫的意味，耐人寻味。

说完了三个显贵的人物，杜甫接着写了两个潇洒的名士崔宗之和苏晋。诗的最后两位，写了一代狂草家张旭酒后泼墨的壮举和布衣之士焦遂惊人的酒量和不凡的口才。说到这里，看官们一定等急了，怎么还不说李白！说到诗，不能不说李白，说到了酒，就更不能不谈李白了。杜甫用了最多的笔墨写李白，让他在中间位置出场："李白斗酒诗百篇，长安市上酒家眠，天子呼来不上船，自称臣是酒中仙。"酒后挥毫，是李白发挥文学天才的最好时机，"天子呼来不上船"，又把李白这位爱喝酒的天才诗人那放荡不羁的神态活灵活现地刻画出来了，实在是妙笔。

巧的是李白与八仙中第一位出现的诗人贺知章是好朋友，他们第一次见面的场景也和酒有关。

那时李白第一次来长安，但诗名已经远扬，秘书监贺知章得知他来到京师，立即前往拜访，一见李白便觉气度不凡，风流倜傥，很是惊奇，便约他来到长安街上一处酒楼，饮酒论诗。在席上，贺知章想看看李白的文章，李白蘸墨挥毫写下之前创作的《蜀道难》给他，贺知章边读边啧啧称奇。末了，贺知章笑容满面，称呼李白为"谪仙人"。李白十分喜欢这个称号，他本来就喜求仙问道，现在有人说他像天上下凡的诗仙，心里美极了。

李白酒量好，贺知章也能喝，于是贺知章大手一挥，取下身上的金龟，就去换了酒钱。这金龟是当时官员的佩饰物，贺知章能在初见李白就拿去典卖，可见他惜才与豪爽。也因为此事，李白在长安的名声越来越大了。李白在贺知章去世后，写了《对酒忆贺监二首》怀念贺知章，诗很感人，其一便是：

> 四明有狂客，风流贺季真。
> 长安一相见，呼我谪仙人。
> 昔好杯中物，翻为松下尘。
> 金龟换酒处，却忆泪沾巾。

"昔好杯中物"也是对杜诗中贺知章嗜酒的佐证。

（二）

李白与酒，在杜甫一首诗中是讲不尽的。当代著名诗人余光中在《寻李白》中说："酒入豪肠，七分酿成了月光，余下的三分啸成剑气。绣口一吐，就半个盛唐。"此言不虚，翻阅李白诗集，诗题中含有"酒"字的篇目不胜枚举：《对酒》《暖酒》《将进酒》《山人劝酒》《待酒不至》《把酒问月》《金陵酒肆留别》《金陵凤凰台置酒》《对酒忆贺监二首》等等。这么爱酒，李白的酒量又如何呢？

他的诗中透露出一些信息。在《襄阳歌》中，他说："百年三万六千日，一日须倾三百杯。"是说人生百年，一共三万六千日，每天都应该往肚里倒上三百杯酒。在《将进酒》里，有"烹羊宰牛且为乐，会须一饮三百杯"。牛羊都宰了，要想尽兴，就要喝上三百杯。在《江夏赠韦南陵冰》中，他说："愁来饮酒二千石，寒灰重暖生阳春。"借酒消愁，痛饮它二千石。虽然都有夸张的成分，不过也由此可见李白酒量不错，但要看李白真实的酒量，"诗仙"的诗是一方面，还得听听杜甫的。毕竟杜甫被称为"诗圣"，他的诗被称为"诗史"，比较实在，说的话也可信。

其实在《饮酒八仙歌》中，杜甫就交代了，"李白斗酒诗百篇，长安市上酒家眠"，喝了一斗酒，就开始诗兴大发，诗写好了，也醉倒了，可见李白酒量大致是一斗多点。在唐代，一斗的数量换算成当代斤两的话，是多少

诗坛高手为何多出唐代

呢？据吴承洛《中国度量衡史》"一家之言"记载，唐时一斗相当于现在的5.94公升，大约6千克。当然，那个时候喝的还是米酒，度数低，才能喝上一斗，要是换上今天的白酒，早就不行了。

一斗多酒量的李白，喝的都是什么酒呢？两个字，好酒。"兰陵美酒郁金香，玉碗盛来琥珀光"（《客中作》），又或者"金樽清酒斗十千，玉盘珍馐直万钱"（《行路难》），反正都不错。好酒喝了就是不一样，"但使主人能醉客，不知何处是他乡"（《客中作》），只要能醉，处处是家乡。甚至喝了美酒的李白"遥看汉水鸭头绿，恰似葡萄初酦醅。此江若变作春酒，垒曲便筑糟丘台"，将汉水看成初酿的葡萄酒，也只有喝醉的人才会有如此想象。

可说了这么多，李白为什么那么喜欢喝酒呢？看他在《月下独酌》四首中的第二首，为喝酒找的理由，一定让你哑然失笑。

> 天若不爱酒，酒星不在天。
> 地若不爱酒，地应无酒泉。
> 天地既爱酒，爱酒不愧天。
> 已闻清比圣，复道浊如贤。
> 贤圣既已饮，何必求神仙。

三杯通大道，一斗合自然。

但得酒中趣，勿为醒者传。

　　在星相学上，天上有酒旗星。由刚才杜甫的《饮中八仙歌》我们也知道还有一个地方叫酒泉。李白就说，老天如果不喜爱酒，天上就不会有酒旗星了；大地如果不爱酒，地上就不会有酒泉郡。既然天和地都爱酒，那我李白爱喝酒就是无愧于天地。这真是"扯大旗作虎皮"，为自己喝酒找理由。他接着讲：听说人们把清酒比作圣人，把浊酒比作贤人，既然圣贤都喝酒，还去求什么神仙。为何？因为喝上三杯可以通明儒家的大道了，喝上一斗就懂道家的自然了。这酒里的乐趣，不要告诉那些不喝酒的人。

　　这李白喝酒还喝出境界啦，已经上升到儒家和道家的真理了。这首诗看似不合逻辑，像酒后胡言，但恰恰抒发了诗人对酒的痴迷，也是借酒抒发心中纷繁的情绪。什么情绪？我们看他《月下独酌》四首中的第一首可能就知道了。

花间一壶酒，独酌无相亲。

举杯邀明月，对影成三人。

月既不解饮，影徒随我身。

暂伴月将影，行乐须及春。
我歌月徘徊，我舞影零乱。
醒时同交欢，醉后各分散。
永结无情游，相期邈云汉。

　　这是一首很美的诗。诗人在月华如水的晚上独自饮酒，喝得微醺时，感到十分孤独，于是"举杯邀明月"。这事估计只有浪漫的李白才能干出来，他举起酒杯，邀请明月共饮，月光照在自己身上，在地上投射出自己的影子来。这时李白的天才想象力便发挥出来了，他说自己不是一个人在喝酒了，是三个人。"对影成三人"，月亮一个，影子一个，加上自己，不就是三个人了嘛！这真是旷古奇想。他陶醉在自己想象的世界里，继续喝着，喝着喝着情绪就低落了，毕竟"月既不解饮，影徒随我身"，因为月亮还是那个高高挂在天上的月亮，它不懂喝酒，也不懂李白为什么喝酒。影子是跟随他身形的影子，不是别人。但李白可贵之处在于，他不沉溺于低落的情绪中，他马上积极起来，"暂伴月将影，行乐须及春"。于是他在月下大声歌唱，在月下飘然起舞："我歌月徘徊，我舞影零乱"，舞姿是凌乱的。月光下诗人喝着酒唱着歌跳起了舞，这是多么浪漫的场景，却毕竟只是片刻欢愉，"醒时同交欢，醉后各分散"，清醒的时候一起欢乐起舞，可是酩酊大醉后躺着不动了，影子和月亮却得离去。

最后一句"永结无情游，相期邈云汉"，诗人心情极度苦闷，但又不断地希望自得其乐，不断自我安慰，没有人陪他喝酒，没有人能够真正理解他的苦闷，于是他寄情于大自然，和月亮约好说，下次要和月亮在遥远的云天之上约会。月亮是没有感情的，影子是无意识的，但诗人愿意和月与影再一次共饮，因为虽然月与影"无情"，但却能够陪伴诗人排忧解难，给诗人带来安慰，看似无情却有情。诗人宁愿与月、影为伴，对月独酌，也不愿与世俗同流合污，可见他志向高洁。

这首诗写于唐玄宗天宝三年（公元744年），作者那时胸怀壮志，被唐玄宗召入长安供奉翰林。许多人都妒贤嫉能，对李白大加排挤和诋毁。唐玄宗只是让李白侍宴陪酒，并没有重用他的意思，所以作者感到孤独、愤懑，以酒消愁，写下了此诗。

但李白生性乐观豁达，喝酒不仅仅是为了解忧，更多时候，是一种休闲方式与兴趣。他和朋友一起喝，伴着花和酒，与老友闲话诗词歌赋或人生百味，请看《山中与幽人对酌》：

> 两人对酌山花开，一杯一杯复一杯。
> 我醉欲眠卿且去，明朝有意抱琴来。

幽人是指隐逸的高人，通过标题"山中与幽人对酌"，人物、地点我们就知道了。这首诗的语言很口语化，每个词语我们都能明白，但李白不凡之处就是能将这些平常的词语汇成一首美妙的诗，并且充满诗意。诗意在哪？首先是两人在山中对饮，喝着喝着山花安静地绽放了，散发阵阵清香，这花好似通了人性，专为了饮酒的美好氛围而开，让李白欣喜不已。山上的气温也是凉爽宜人，在这样的环境下和一位好友对饮，岂不快哉。于是喝了一杯又一杯。畅饮之后，李白喝醉了，在清爽宜人的山上，就犯困了。于是摆摆衣袖，示意友人，就说我喝醉了想睡觉，你可以走了。坦率直白的醉话，毫不客气与做作，却也表现出了李白的直爽。最后一句"明朝有意抱琴来"，多么像我们和小伙伴在玩不尽兴时相约明天继续的话语，但李白说得很雅致，说幽人你若是没喝尽兴，咱俩明天再喝，别忘了抱着你的琴过来助兴。"抱"字极有画面感，很美的场景，很美的诗情，正是有了酒的催发，才有了这样美好的诗。

（三）

李白和杜甫，一个诗仙一个诗圣，在唐朝是双星耀月，与日同辉。既然诗仙好酒量，诗圣杜甫当然也不会甘拜下风。由于杜甫个人性格的关系，很多人认为杜甫不大喝酒，其实不然，恰好相反，杜甫也是"饮酒人"，而且还是酷爱喝酒的人，《饮中八仙歌》没把自己算上，主要是当时的杜甫还太年轻。文学家郭沫若在自己的作品《李白与杜甫》里已做过探究式的统计了，其称：杜甫现存诗文一千四百多首（篇），说到饮酒的有三百首（篇），数量真不少，可见也没少喝酒。我们看他诗作《曲江二首》的第二首便是明证：

> 朝回日日典春衣，每日江头尽醉归。
> 酒债寻常行处有，人生七十古来稀。
> 穿花蛱蝶深深见，点水蜻蜓款款飞。
> 传语风光共流转，暂时相赏莫相违。

写这首诗时，正值暮春，但杜甫首句就写自己每天从朝堂里归来就要去典当春天的衣服，这是什么急事需要把衣服都卖掉呢？春天都没过完，要卖也卖冬天的衣服啊，如今连春天的衣服都要卖掉，可见冬天的衣服早已卖了，到底是怎样的燃眉之急呢。下一句杜甫就交代了原因，"每日江头尽醉归"，原来是因为喝酒啊，真是出人意料，我们不禁思考，为什么杜甫要日日喝酒还不醉不归？"酒债寻常行处有"，作者不仅在一个地方欠了酒债，还在不同的地方有赊账呢！难怪典了冬衣又典春衣。这样日日买醉又是为何？直到读到"人生七十古来稀"这一句我们才知道，原来，杜甫觉得人生苦短，活到七十岁都很困难，所以要喝酒自娱。

下面写景的一联"穿花蛱蝶深深见，点水蜻蜓款款飞"是杜甫诗中别具一格的名句，蝴蝶穿花，蜻蜓点水，本是常见。但杜甫用"深深"让花丛有了空间的景深感，蝴蝶在花中若隐若现。"款款"二字配上"点"字让蜻蜓变得活泼又充满动感，画面感十足，美得不可方物。这是多么恬静、多么自由、多么美好的境界啊！可是这样恬静、这样自由、这样美好的境界，还能存在多久呢？于是诗人说："传语风光共流转，暂时相赏莫相违。"这样美好的风光，多停留一会儿吧，让我多欣赏一会儿吧，不要辜负我这小小心愿。

这样的心愿杜甫在《绝句漫兴九首（其四）》中也有表明：

> 二月已破三月来，渐老逢春能几回。
> 莫思身外无穷事，且尽生前有限杯。

由此可见，杜甫爱酒的程度一点也不亚于李白。但比较尴尬的一点是，由于生计所迫，杜甫喝好酒的机会少，杜甫一生喝酒喝的多是旧醅、浊醪等劣质酒，与李白"金樽清酒斗十千"不可同日而语。

比如《落日》中"浊醪谁造汝？一酌散千愁"。还有《客至》一诗，写于草堂落成之后。"舍南舍北皆春水，但见群鸥日日来。花径不曾缘客扫，蓬门今始为君开。盘飧市远无兼味，樽酒家贫只旧醅。肯与邻翁相对饮，隔篱呼取尽馀杯"里面的"旧醅"，就是未经过滤的隔年浊酒。

浊酒也是酒，凑合喝吧。但是有些时候就算喝一杯浊酒，也不一定就能如愿，还需要赊账，有时还赊不到。比如"邻人有美酒，稚子夜能赊"（《遣意二首之二》）；"每恨陶彭泽，无钱对菊花。如今九日至，自觉酒须赊"（《复愁十二首》）；"蜀酒禁愁得，无钱何处赊"（《草堂即事》）。

在《登高》中，他由于贫病交加，连一杯浊酒也喝不了了，但带着对酒的不舍，却留下一首千古好诗。

> 风急天高猿啸哀，渚清沙白鸟飞回。
> 无边落木萧萧下，不尽长江滚滚来。
> 万里悲秋常作客，百年多病独登台。
> 艰难苦恨繁霜鬓，潦倒新停浊酒杯。

（四）

其实，将春衣典卖换酒的人不止杜甫一个，还有一个就是白居易。白居易不仅卖衣服，连马都卖了。他在《晚春酤酒》中说："卖我所乘马，典我旧朝衣。尽将酤酒饮，酩酊步行归。"最后喝得酩酊大醉，只能踉踉跄跄走回家。可见此人恋酒不亚于杜甫，更重要的是，酒喝得多，诗也写得多，自称醉吟先生。"酒狂又引诗魔发"，他是整个唐朝写诗最多的人，他留有两千八百多首诗，论及饮酒的诗达六百多首。

白居易最美的一首写酒诗是《问刘十九》，这首诗不是喝醉后写的，但却是一首能让人醉倒的诗。

> 绿蚁新醅酒，红泥小火炉。
> 晚来天欲雪，能饮一杯无。

"绿蚁新醅酒"，"醅"是没过滤的酒。酒没有滤清时，酒面浮起的酒渣，颜色微绿，细细密密，像蚂蚁一样小而多，这时的酒被称为"绿蚁"。浮着绿酒渣的新酿的米酒，有点浑浊，但由于是家酿的，一股酒香扑面而来。"红泥小火炉"，红泥抹成的小火炉，此时烧得暖乎乎的，上面煨着那刚酿好的酒，还冒着热气。如此美酒红炉，是要独饮吗？"晚来天欲雪，能饮一杯无"，原来傍晚时分，要下雪了，白居易是想邀请友人刘十九一起来喝一杯。新酒正绿，火炉正红，天要下雪，白居易如此真诚的邀请，刘十九怎么可能不去？可能他一看到这首诗时就迫不及待赴约去了，天寒地冻，大雪纷飞，还有什么比得上去老友家喝上一杯来得爽快，而且这老友还写来如此动人的诗诱惑他，这首诗比酒还要醇浓，未喝人即醉。

千百年来，多少文人"醉翁之意不在酒"，他们把高雅的情趣浇注于酒中，把美好的精神也寄托在酒里。不管是曹操的"何以解忧，唯有杜康"，还是陶渊明的《饮酒二十首》，抑或是酒香扑鼻的其他唐朝诗人们：王维 "相逢意气为君饮，系马高楼垂柳边"，王翰"醉卧沙场君莫笑，古来征战几人回"，罗隐"今朝有酒今朝醉，明日愁来明日愁"……诗人们将喜怒哀乐全都倾倒在酒中。最后，剩下"桑柘影斜春社散，家家扶得醉人归"的醉人，醉人们走了，但好诗留下了。

第三章

初唐宫廷文人只会拍马屁？

宫 廷 诗

　　唐中宗景龙三年（公元709年）的一天，皇帝哥哥李显想起好久没见妹妹太平公主了，便到太平公主居住的地方——南庄去看望，还带着一帮文臣侍从。兄妹见面，其乐融融，少不了美酒佳肴。觥筹交错间，皇帝诗兴大发，觉得应该作诗记录一下，自己写诗不过瘾，就命文臣们也以此事为题和诗几首，那些个文臣们，平常是皇上养着，领着丰厚的俸禄，现在来这白吃白喝也不好意思，既然让作诗，这也是一个表现忠心和文才的机会，于是竞相比拼，搜肠刮肚找良词美藻，其中有个叫李峤的文臣就作了以下这首七律，名为《奉和初春幸太平公主南庄应制》：

　　　　　主家山第接云开，天子春游动地来。
　　　　　羽骑参差花外转，霓旌摇曳日边回。
　　　　　还将石溜调琴曲，更取峰霞入酒杯。
　　　　　鸾辂已辞乌鹊渚，箫声犹绕凤凰台。

　　这是一首典型的宫廷诗，让你一眼看过去晕晕乎乎，不好懂。因为它的词汇用得很典雅，极少有口语和俗语，且里面多用典故，显得语义含蓄。但其实写的内容很简单，首联交代了事情的原因，皇帝来看望公主；颔联描述了皇帝身边的羽林军的气势；颈联记录了席上的光景，设想皇帝一群人在喝酒时把云霞在酒杯中的倒影也吸进去；尾联就说虽然皇帝离开了，但公主受宠若惊久久不能平静。

再看题目"奉和初春幸太平公主南庄应制"，皇帝到了什么地方，就说是"幸某处"，认为这是某处的荣幸。"奉和"，这个"奉"字，本义是"捧"字，意思是双手捧了皇帝的原作，照样也作一首。"应制"就是应皇帝之命写作诗文。这是宫廷诗的寻常题目格式，翻开初唐诗，满眼多是"奉和初春出游应令""赋得临池竹应制""早春桂林殿应诏""奉和过旧宅应制""奉和过慈恩寺应制""宿羽亭侍宴应制"等题目，都是受皇命写的诗，大同小异，甚至在"奉和太子纳妃太平公主出降"中，有"小臣同百兽，率舞悦尧年"这样的诗句，为了拍马屁，把自己比作百兽，格调可见一斑。

为什么在初唐时期会出现如此多宫廷诗呢？我们知道，初唐是从第一个皇帝唐高祖元年到唐玄宗初期大约一百年的时间。这漫长的一百年，像《奉和初春幸太平公主南庄应制》这样的宫廷诗歌占据了主流地位，由于主导诗坛的诗人多数供职于宫廷，是在宫中掌管翰墨、起草文书的朝臣，如虞世南、上官仪、沈佺期、宋之问等，所以他们的作品多是奉和应制之作，其他抒发个人情感的作品少之又少。

这些诗人常年生活在宫廷，他们的视野受到了限制，写诗成为他们陪侍帝王、讨好帝王的一种带有实用性的能力。又由于是写给皇族看的诗，辞藻就要特别讲究，还要会颂扬、祝贺、赞美，投帝王所好，简言之就是要会拍马屁，还要文雅地拍。其中上官仪写诗还写出了自己的品牌——上官体，他的精妙雅致使得他获得了以其名字命名的风格称号，可谓功力深厚。

当然，这些文臣们写诗，都是皇上让他们写，鼓励他们创作的。初唐的几位君主，李世民、李治、武则天、李显等，都喜爱文学，鼓励诗歌创作。其中唐太宗李世民自己就是一位宫廷诗人，只不过他的文学修养远不及他的政治能力。李世民喜欢"绮靡"的文风，就是词句华美、对仗工整的诗。所以受他的影响，宫廷诗会特别注重诗的形式美。唐中宗李显不时开展诗歌比赛，这对诗人的鼓励就更大了，唐人小说里就记载了一个规模宏大的应制诗比赛的故事。

唐中宗李显在某年正月三十日到昆明池去游玩，高兴地作了一首诗，命令随从的官员们和他一首，当时有一百多人作了诗。唐中宗就命女官上官婉儿从这一百多首诗中选取一首，作为皇帝新作乐曲的歌词，可谓百里挑一，竞争激烈，但如果选上，那对文士来说可是莫大的荣耀。写好后，上官婉儿站在帐殿旁一座搭起的彩楼上选诗，把看不上眼的诗往下扔，臣僚们都在楼下等。不一会儿，纸片纷纷从彩楼上飞下来，像下雪一般，早早被扔下楼的诗被相应的官员认领，捂在怀里不好意思再示人。余下的人很紧张，目光紧紧注视着每一张被淘汰的纸条，暗暗祈祷自己的诗不要太早被扔下。到最后，只有沈佺期和宋之问的诗还没被扔下来，冠军就是从这二者选其一了。不多时，一个纸片悠悠地飞下来，大家哄抢着去看，是沈佺期的。沈佺期不服气，旁边的宋之问十分得意。上官婉儿评价说，最后两首诗的功力差不多，但沈佺期最后两句"微臣雕朽质，羞睹豫章材"词气已经完结，没有余意。而宋之问最后两句是"不愁明月尽，自有夜珠来"，意犹未尽，余音袅袅，更胜一筹。这时沈佺期才服了，接受了最后的结果。

上官婉儿说的两首诗功力相当的意思，是指他们的格律和措辞都没有问题，不管是押韵还是平仄，都符合要求。可就算是宋之问的诗，在一百首诗中出类拔萃的，由于在应制诗的框架下，没有什么真情实感，全是溜须拍马，感情表达上苍白无力，也算不上一首好诗。这也是初唐宫廷文人写诗的普遍特点，个人的感受被歌功颂德的要求所挤压，写的诗多是套路。但要说初唐宫廷诗人只会拍马屁，对于唐朝诗歌的贡献几乎没有，这也是不对的。

虽然在内容上、风骨上有缺失，但由于初唐宫廷诗人们对诗的形式和语言十分讲究，为格律诗的形成起到了不可磨灭的作用。

格 律 诗

格律诗是什么？听起来有点陌生，其实，我们早就接触过了。格律诗，也称为近体诗，包括绝句和律诗。绝句分为五言绝句和七言绝句，五言绝句每句五个字，一共四句，如孟浩然的《春晓》："春眠不觉晓，处处闻啼鸟。夜来风雨声，花落知多少。"

七言绝句就是每句七个字，也是四句。如贺知章的《咏柳》："碧玉妆成一树高，万条垂下绿丝绦。不知细叶谁裁出，二月春风似剪刀。"

律诗，同样分为五言律诗和七言律诗，但字数比绝句多，分别是五言八句四十个字和七言八句五十六个字，另有一种叫排律的，无非是律诗的拉长。在五言律诗、七言律诗中，一、二句叫首联，三、四句叫颔联，五、六句叫颈联，七、八句叫尾联。五言律诗我们熟悉的如白居易的《草》："离离原上草，一岁一枯荣。野火烧不尽，春风吹又生。远芳侵古道，晴翠接荒城。又送王孙去，萋萋满别情。"

很多盛唐名作都是格律诗，可以说如果没有格律诗的形成，也很难有盛唐诗歌的繁华。格律诗在南北朝的齐梁时期就已经发端，在唐初宫廷文人的探索努力下开始走向成熟。为什么古人会发明格律诗呢？原来"文华者宜于咏歌"，格律相当于音乐的节拍，格律诗是最方便诗歌入乐的诗歌形式，在南北朝的齐梁时代，诗歌要合乐，所以对于诗的音韵要求比较高。有一个叫作沈约的人，他破解了汉语四声八音的密码。

古代声调分为平、上、去、入四声，平声包括阴平、阳平，也就是我们今天普通话里的一声和二声。仄声包括上、去、入三声，上、去相当于普通话的三声和四声，至于仄声中的入声，今天普通话中已经没有了。沈约就将平、上、去、入四声用于诗的格律，归纳出了比较完整的诗歌声律论。

将四声分为平仄用于诗中，对于格律诗的形成有什么作用吗？作用可大了。以五言诗为例，一句诗中如果老是平声，或者老是仄声，就不好念也不好听，如"萧滩波潺湲，巴丘山崔嵬"，两句都是平声，即平平平平平，平平平平平，念起来没有波澜，没有节奏，不朗朗上口，在当时肯定也不方便歌唱。或者如"早饭夜筱下，鸟语静愈响"，全是仄声，仄仄仄仄仄，仄仄仄仄仄，念起来费劲又吃力。沈约提出要在诗歌中使用平仄交错的词，后来的诗人们逐渐在五言诗中发现"平平平仄仄"与"仄仄仄平平"的句型，后面又发现了声调"仄仄平平仄"与"平平仄仄平"的句型。这也是五言诗逐渐形成与定型的四种律句。

但格律诗的形成光有这四个基本句型还不够，这些句型要两两相对，有规律地替换，声调才不至于单调平板，才成为完整的格律诗，如王之涣的《登鹳雀楼》就是一首完美的格律诗，也是我们儿时就会背的一首小绝：

白日依山尽，

（仄仄平平仄）

黄河入海流。

（平平仄仄平）

欲穷千里目，

（平平平仄仄）

更上一层楼。

（仄仄仄平平）

格律诗完成最后一个最难的阶段，就是句型两两相对，有规律替换。这最后的一步，是在初唐实现的。在唐朝初年，由于宫廷的讲究，歌舞的需要，要求声律应该更美。而宫廷诗为适应上层人士的口味，又要更规范更程式化，以便有章可循，律诗便应运而生。初唐的宫廷诗人在艺术上所追求的是繁缛绮错的装饰风格。这种装饰性的重点，起初是对偶的修辞技巧，之后又增加了声韵的技术，并且最终把对偶技巧和声韵技术结合起来，从而在形式上推进了格律诗的完善和定型。当然格律诗的形成是漫长的过程，很多人都做过贡献，初唐宫廷诗人更是功不可没，其中沈佺期和宋之问写的律诗，十分符合标准，便有说法称律诗由沈宋而定型。

　　说了这么多有关格律诗的发展历史，以及格律诗的规矩，其实格律诗发展到清代之后，要求也不会这么严格，如果有好句子，就算不完全合律，也是无伤大雅的。清朝小说家曹雪芹的《红楼梦》里，就写了香菱学诗的故事，林黛玉对于写诗的看法，可以让我们对格律诗和古人作诗有更完整的认识。

　　香菱见过众人之后，吃过晚饭，宝钗等都往贾母处去了，自己便往潇湘馆中来。此时黛玉已好了大半，见香菱也进园来住，自是欢喜。香菱因笑道："我这一进来了，也得了空儿，好歹教给我作诗，就是我的造化了！"黛玉笑道："既要作诗，你就拜我作师。我虽不通，大略也还教得起你。"香菱笑道："果然这样，我就拜你作师。你可不许腻烦的。"黛玉道："什么难事，也值得去学！不过是起承转合，当中承转是两副对子，平声对仄声，虚的对实的，实的对虚的，若是果有了奇句，连平仄虚实不对都使得的。"

通过以上的简说，现在我们明白了，格律诗是从南北朝的齐梁时期开始渐渐萌芽的，到了初唐，在宫廷文人对诗歌形式的努力探索下，得以定型。之前凡是不按格律写的诗，统称古诗，也叫古体诗或古风。古体诗和近体诗在字数、句法、用韵、平仄上都有很大的区别，但最大的区别，就在于古体诗不讲平仄，而近体诗必须讲究平仄，否则就不能称为近体诗。平仄的作用就是构成一种节奏，依照汉语声调的特点，安排一种高低长短、互相交互的节奏，就是声律。将汉语以节拍的形式固定成一定的形式，就是格律诗。不过还要注意一点，不是说近体诗出现后，古体诗就没人写了，在盛唐时期，还是有很多诗人既创作格律诗也写作古体诗，这两者并不冲突，只是格律诗的出现与成熟，让诗歌有了另一种美与可能。

宫 体 诗

虽然初唐宫廷文人对格律诗有如此贡献，但是在文学史上，名声却不好。有人会说，因为宫廷文人写的应制奉和诗都是歌功颂德、拍马屁的诗。这是一个原因，好的诗歌需要有真情实感才能动人，应制奉和诗多数内容趋同，千篇一律，读起来没有意思，空洞无味。还有一些评论家认为初唐宫廷诗人文风浮靡，对此嗤之以鼻。浮靡确实是当时宫廷诗歌的共同特点。但这个风格的出现得力于近体诗律的完善，浮靡就是指诗歌因讲究声律而形成的声韵流美的特点。浮靡风格没有什么不好，近体诗的格律也没什么问题。

真正重要的一个原因，是初唐宫廷文人沿袭了梁陈时期写宫体诗的遗风。宫体诗是创作于宫廷之中，专门描写美女的感情和生活环境的诗歌，被称为"艳歌"。

梁朝皇帝喜爱文学歌舞，自己和身边的文人臣子一起作诗唱和，然后让乐师舞女演奏出来。重视文娱活动，丰富精神生活本来是挺好的，但问题是他们作的诗，内容尽是描绘女人的容貌、身材、服装配饰等，赞赏的多为寝室的卧具、贴身的物件、奢华的器具，抒发的是闺怨之情或者幽怨之意，格调不高。宫体诗在内容上很狭隘，但在诗歌的形式表现上精雕细琢，十分讲究。这个风气延续至隋朝直到唐初，唐初的宫体诗内容没有大的变化，只是辞藻更精细，情调更绵柔无力。以下是初唐宫廷文人李义府所作的一首宫体诗，读完便可知晓一二：

懒整鸳鸯被，羞褰玳瑁床。

春风别有意，密处也寻香。

　　虽然宫体诗在整个初唐宫廷诗中所占比重不大，但大多数初唐诗人都写有几首宫体诗，因此为后人诟病。

　　总之，初唐宫廷文人虽然在诗歌形式方面做了重要的贡献，也有少部分不乏诗意的佳作，但其总体风貌，是浮华有余，风骨不足，情调苍白平庸，缺乏诗情与创造力，这是初唐宫廷文学很大的不足，甚至腐蚀了诗歌最本质最宝贵的东西。察觉到这个危险，想要用新的生命活力拯救诗歌于危难之中，一批出身草莽的文士便出现了。使诗歌摆脱宫廷狭隘范畴的束缚，重新焕发生机的重任，便落在了"初唐四杰"肩上。

第四章

"初唐四杰" 有什么了不起?

"初唐四杰"分别是王勃、杨炯、卢照邻、骆宾王，是活动于唐朝第三位皇帝李治和武则天时期的四位文人。他们以文齐名，诗歌成就也不小，是初唐诗坛的四位明星。四杰不同于宫廷文人，他们颇有文才，但却仕途不畅，未能成为宫廷的核心写手。诗人中官职最高的是杨炯，但也不过正七品。这一点也使他们脱离宫廷诗风的侵染与羁绊，能够自由发挥出各自的才华，写出了不少具有真情实感的名篇佳作，成就了他们的诗名。孟子曾说："颂其诗，读其书，不知其人，可乎？是以论其世也。"就是说我们评价一个人，需要知道他所处的时代环境和他的生平经历，这才能真正了解一个人。"初唐四杰"年少就有才名，其中王勃和骆宾王二人，人生更是充满了传奇色彩。他们四人不凡的诗歌成就，与他们独特的人生经历不无关系。

王　勃

　　永徽元年（公元650年），是唐高宗李治的第一个年号，这一年四杰之首王勃出生了。他成长于书香门第，祖父王通是隋炀帝时的经学大儒，培养出贞观年间房玄龄、杜如晦等好几位宰相；祖叔王绩是酒客诗人，写了不少好诗；父亲王福畴也是朝廷命官，拥有太常博士的头衔。在这样的家世熏陶下，王勃早慧，六岁就会写文章，被称为"神童"。

王勃十岁的时候，有一天，和父亲秋游途中路过一座关帝庙，父子二人便进庙休息。庙里有一尊十分高大的关羽雕像，那关羽左手托须，右手握刀，正在一支红色蜡烛下读一卷《春秋》，后面有黑脸的周仓牵着一匹赤兔马。王勃的父亲突然心生一联，想考考十岁的儿子，便吟出上联："捧青须三绺，对青灯读青史垂青名手中握青龙偃月。"说完笑着让王勃对。这是二十一字的长联，很有难度。年纪小小的王勃此时正看着那匹泥马，听到父亲出考题，脱口而出："芳赤县千古，秉赤面掬赤心输赤胆跨下骑赤兔追风。"父亲听后十分高兴，连声说："好，好，好！"可见"神童"的称呼也不是白来的。

在他十四岁时，宰相刘祥道巡访民情，路过王勃的家乡。王勃他爹知道这个消息后，马不停蹄赶回家，对王勃说："儿啊，机会来了，赶快写自荐书！"也就是叫王勃投简历去。王勃心领神会，铺开纸墨，一气呵成。自荐书全文大约2700多字，写得那叫一个才华横溢、气度不凡。刘祥道读后大为赞赏，见有这样的神童，连连夸赞说这是国之祥瑞啊，于是就把文章推荐给了唐高宗。唐高宗读后也很感兴趣，亲自召见神童王勃面试。"金殿对策"后，高宗对王勃很满意，封他为朝散郎，这是一个从七品上的官职。

据《新唐书·选举志》记载，唐朝正儿八经进士及第有资格授官的人，大多数要从九品的县尉或校书郎等做起，熬个八九年，能到七品就不错了。王勃小小年纪，成为朝廷最年少的命官，官至七品，可谓起点颇高，前途一片光明。但当时的王勃不知道，朝散郎是他这辈子做的最高的官，也是他人生的最高点了。之后他的仕途一路下滑，直至跌入谷底。

先不管以后，至少在长安这段时间，王勃顺风顺水，心境开阔。千古名诗《送杜少府之任蜀州》便是在这一时期创作出来的。

城阙辅三秦，风烟望五津。
与君离别意，同是宦游人。
海内存知己，天涯若比邻。
无为在歧路，儿女共沾巾。

"少府"，是唐代对县尉的通称。离开京城长安，千里迢迢去偏远的四川担任官小位卑的县尉，杜少府心情的低落可想而知。在古代，由于交通不便，与友人分离后，便难以再见，王勃便作此诗为友人送行。

"城阙辅三秦，风烟望五津"，开头两句分别点出送别的地点和朋友的去向，即京城和四川。通过这两个地方一远一近景物的对照，空间的辽阔感表现出来了，更显羁旅漫漫，后会无期。"与君离别意，同是宦游人"，王勃很会表达感情，他告诉杜少府，自己能体会离别的苦楚，明白他的忧思，因为都是离家千里在外做官的人，所以能够感同身受。情感上的共鸣，拉近了王勃和杜少府之间的距离，使得离别之情更浓醇。

王勃没有一直沉湎于悲伤中不能自拔，也不希望朋友带着愁绪离开，为了安慰朋友，他进一步表明自己的真心："海内存知己，天涯若比邻。"就算远隔千山万水，只要你我互为知己，那么天涯海角，我们都会像邻人一样亲近。"无为在歧路，儿女共沾巾"，所以，不要在分岔路口，像年轻男女一样，哭得手帕都湿掉了。我们猜想，即使杜少府想哭，也会在看到王勃这首情真意切的诗后得到安慰。知己难求，生命中有这样的知己，就算前路曲折，又有什么可怕的呢？

王勃这首五言律诗一气贯注，没有宫廷诗繁复辞藻的堆砌，也没有陌生典故的累用，像娓娓清谈，有行云流水的妙意。更重要的是情真意切，一扫宫廷诗空洞无物的歌功颂德。

之后王勃在长安风风光光待了几年，但好景不长。在王勃入京后的第四年，他就摊上事了。当时王勃进了沛王府，担任二皇子李贤的沛府修撰，其实也就是陪二皇子李贤读书。沛王比王勃还小一两岁，难免小孩心性，那个时候宫中流行斗鸡，一天，沛王李贤约英王李显来斗鸡。英王就是后来的唐中宗李显，当时也只是一个十二岁的小孩子。王勃一时兴起，为沛王写了一篇《檄英王鸡》的文章，里面内容是讨伐英王鸡，为沛王鸡呐喊助威。沛王也一本正经地像下战书一样送给了英王。不料这篇文章被唐高宗李治看到了，十分气愤，发怒说："歪才，歪才！二王斗鸡，王勃身为博士，不去劝阻，反而写这么一篇檄文，有意虚构，夸大事态，导致诸王之间产生矛盾。"当天李治便立即下诏废除王勃官职，将其赶出沛王府。

原来唐高宗看到《檄英王鸡》中"两雄不堪并立，一啄何敢自妄""血战功成""割以牛刀"的话语，立马就联想起唐初玄武门兄弟互相残杀的往事，认为此文有挑拨离间皇子关系的嫌疑，于是龙颜大怒，下令即刻将王勃逐出王府，且再不得返回王府。本来王勃只是闹着玩的，没有想到竟受到了如此严厉的惩罚，这无异于晴天霹雳，大好前程自此葬送。这对一个刚刚十八岁的少年来说，心理上的打击显然是极大的。王勃没有脸面在京师待下去了，只好去巴蜀游历。

二十四岁时，王勃设法得到一个小官职，但是他的厄运还没有结束。

公元671年，王勃主动申请调任虢州参军，但在任职期间不知为何他藏匿了一个名为曹达的官奴，后来风声越来越紧，王勃又怕走漏风声，便杀死曹达以了其事。结果事情败露，王勃被判死刑。幸好行刑前遇到天下大赦，才捡回了一条小命。也有一种说法是王勃人缘不好，这件事是受到他人陷害，但真相已不可知。不过他的父亲还是因为他这个罪行受到牵连，丢掉了之前的官，被流放到今天的越南当县令。

王勃在前去探望父亲的途中，路过南昌，正赶上都督阎伯屿新修滕王阁成，重阳日在滕王阁大宴宾客，邀请文人雅士、当世名儒共同庆贺，顺便切磋文艺。王勃那时虽然年轻，但也声名在外，所以在被邀请之列。按照辈分入席，王勃年幼，坐于座末。

在席上，阎都督寻一人作《滕王阁序》以纪念此次盛会，于是派人捧着笔砚纸到各位名士之前。其实阎公在这之前，就要他女婿写好了一篇，如果没人写，那么他女婿当仁不让，也好千古留名。其他人都不敢轻易答应，你推我让，一个让一个，最后轮到王勃面前。没想到，王勃毫不推辞，大大方方地接受了。满座的人，看王勃年幼又面生，心里不大痛快，都交头接耳说："这小子是谁家的，竟敢如此无礼！"

此时阎公见王勃受纸，也不高兴。以换衣服为名，进入旁边的小屋，吩咐身边人，盯着王勃，看他写了什么。听说王勃开篇写"豫章故郡，洪都新府"，都督嗤之以鼻，说不过是老生常谈，谁都会。又听了几句，都督也没几句好话。听到"襟三江而带五湖，控蛮荆而引瓯越"，都督开始沉吟不语。等听到"落霞与孤鹜齐飞，秋水共长天一色"，都督不得不叹服说："这小子落笔像有神仙来帮助，真是天才啊！"于是换好衣服出去回到上位。等到王勃写完，都督通篇读下来十分高兴，大声夸赞，并且命令左右，从上至下，给每个人传阅，在座者没有一个不交口称赞的。《滕王阁序》奠定了王勃四杰之首的地位，无人可以撼动。事隔多年之后，《滕王阁序》广为流传，连唐高宗都知道了。这么多年过去了，对王勃写《檄英王鸡》的怒气早已消了，于是就想召回王勃重用。

可惜，王勃在探望父亲回广州的海上，遇到风浪，溺水惊吓而亡，年仅二十七岁，不能不让人错愕惋惜。当听说王勃已经死去，唐高宗很伤感地说："我读《滕王阁序》，读到'落霞与孤鹜齐飞，秋水共长天一色'和'阁中帝子今何在？槛外长江空自流'时，常常会掩卷长叹，真奇才也！"然而，逝者不能生还，遗憾终究是留下了。

好在，诗人的不幸，往往是文坛之大幸，经过这诸多的坎坷艰辛，才催成了王勃那篇千古佳作——《滕王阁序》。要是没有这些人生道路上的风霜雪雨，王勃一直混在朝堂上的话，他可能只会写歌功颂德、敷衍华丽的文辞，不会有之后如铿锵之语、金石之声的五言诗存在，也不会在初唐诗坛上留下振聋发聩的呐喊和千古绝唱，当时人们的文字也不会受到王勃的影响。杨炯所作《王勃集序》，对王勃改革当时淫靡文风的诗词创作实践评价很高。那么这位排名第二的杨炯又是怎么样的人呢？

杨　炯

"初唐四杰"之一的杨炯在《王勃集序》里评价王勃："壮而不虚，刚而能润，雕而不碎，按而弥坚。"认为王勃能以风骨充实作品，既壮健又有文采。杨炯继承了这一风格，并将其发扬光大。

杨炯自幼父母双亡，是个可怜人，是伯祖父把他抚养成人。他聪明好学，博览群书，尤其喜欢学诗词。在杨炯刚刚五岁的时候，伯祖父便给他请了个精通史籍的先生，相当于今天的家教，专门教他学习"五经"。

杨炯天赋异禀，学习也很用功，对老师所讲的内容，他学一遍就会，对老师提出的问题，更能举一反三。有一回，老师想检查一下杨炯学的效果如何，便提一个问题让他答，杨炯对答如流，末了，围绕着老师的问题，发散思维，又提出三个相关的问题，向老师请教。老师压根没想到自己会被出题询问，一时语塞。杨炯见状，马上明白了，这时他的高情商也体现了出来，为了不让老师难堪，他又提出一个简单的问题，给老师一个台阶下。事后，他自己找资料，寻找答案，把自己的疑问弄得清清楚楚。

那老师事后也去查询。当他查到后再去给杨炯讲解时，却发现杨炯竟能引经据典，理解得比他还要透彻。老师不得不佩服地对杨炯的伯祖父说："杨炯这孩子，不仅学习刻苦，头脑灵活，钻研精神也很强；他对问题理解的深度，有时候我也赶不上。我讲经书几十年，带出弟子几百名，像他这样聪明有志的，我还是第一次见到，真可谓当今奇才！"由此可见杨炯的早慧。十岁那年，杨炯参加童子科举行的考试，意料之中考上了，进了弘文馆。

杨炯在二十六岁时，又参加了科举考试，中了进士。后为东宫太子李显服务，就是与沛王李贤斗鸡的英王。然而和王勃一样，杨炯也倒了霉运。公元684年，武则天连废中宗、睿宗，自己临朝称制。徐敬业在扬州起兵反对武则天，杨炯的堂弟杨神让跟随徐敬业讨伐武则天执政，结果兵败被杀。杨炯不可避免地受了牵连而被贬离京城，独自去遥远的梓州出任，做一个九品司法参军，和王勃后来谋得的小官一样。五年后，他才又回洛阳宫习艺馆授课。但回京不过两三年，又被调到很远的盈川当县令。他在盈川大约三年多时间，就得病去世了，死时不过四十来岁，归葬于洛阳，后人称他为"杨盈川"。

公元705年，中宗李显复位，追赠已逝的杨炯为著作郎。杨炯的官运，在"初唐四杰"中，算是最好的，但他性格耿直暴躁，一定程度上阻碍了上升的仕途，最高也就是个正七品，算不上高官。

在诗歌领域杨炯以边塞征战诗著名，一首《从军行》被后人引为佳作。当时，突厥等少数民族对唐边境地区的不断骚扰，成为西北地区安全的最大威胁。许多爱国子民踊跃从军，加入保疆卫国的战斗行列。当时杨炯升迁服务太子不久，创作了《从军行》一诗。这首诗抒发了他对敌军疯狂进犯唐边疆的愤慨之情，显示出诗人杀敌报国的雄心壮志和大无畏的英雄气概，气势轩昂，风格豪放。

> 烽火照西京，心中自不平。
> 牙璋辞凤阙，铁骑绕龙城。
> 雪暗凋旗画，风多杂鼓声。
> 宁为百夫长，胜作一书生。

这是一首近体诗，杨炯只用四十个字，就向我们描述了一个书生投笔从戎，亲历边塞战斗的全过程。"烽火照西京"，战争的烽火照亮京城长安，"烽火"是古时边防报警的烟火，"西京"指长安，而一个"照"字，渲染了一种军事紧急的氛围。外敌来势汹汹，形势危急，一场血雨腥风的大战就要来临，这是一场正义的自卫之战。在这样危急的情况下，书生心中激愤，一腔爱国情油然而生，即"心中自不平"。"自"很好地体现了书生由衷产生的"天下兴亡，匹夫有责"的意识。

"牙璋辞凤阙，铁骑绕龙城"二句，对偶十分工整。"牙璋"分凹凸两块，分别掌握在皇帝和主将手中，是皇帝调兵的符信。"凤阙"是皇宫的代称，用借代的手法说明军队浩浩荡荡地出征了，隆重又庄严。"铁骑"是披挂铁甲的战马，"龙城"是匈奴名城，借指敌方要地。显然唐军已经神速地到达前线，并将敌方堡垒团团围住。"牙璋"才辞"凤阙"，"铁骑"已绕"龙城"。这种跳跃式的结构，具有明快的节奏，给人一种一气直下、一往无前的气势，决战开始了。

"雪暗凋旗画，风多杂鼓声"，大雪迷漫，天空阴沉，军旗上的彩色画都丧失了光彩。战鼓阵阵，伴着疾风呼啸，震天动地。这两句没有直接描写战争的刀光剑影，厮杀砍伐，而是从视觉和听觉来表现战争的激烈与紧张，侧面的渲染，更能让我们的脑海里生发出关于战役的无限想象，诗的意境更加壮阔了。

"宁为百夫长，胜作一书生"，尾联激勇愤慨，直抒胸臆。诗人宁愿在军队里做一个统率百人的小头目，驰骋沙场，奋勇杀敌，也不愿安然居于一室之内，做个舞文弄墨的书生。这首诗场景跳跃极大，气贯如虹，笔锋洗练雄健，慷慨激昂，在初唐诗坛上，一反纤丽绮靡的诗风，十分难得，对盛唐边塞诗的高度繁荣，也有一定的影响。

当然，在杨炯的诗文创作中，不仅仅只有边塞豪情，他的《盈川集》对怀念亲友、临行赠别、游赏山水、借景抒情、闺怨等题材都有涉猎，从不同角度对描写宫廷生活的"上官体"发起了冲击。

卢 照 邻

在唐代，尊贵的五大姓分别是王、卢、崔、李、郑，卢照邻出身范阳卢氏，正是尊贵的五姓之一。虽然卢照邻的家族不像王勃的家族那样在全国声望卓著，但卢家世代大族，在五姓中排行第二，连"李"都屈居其后，地位可想而知。卢照邻自幼就拜两位从太宗朝退休的著名大儒为师，学习经文。十八岁中了进士，后来受到唐高祖李渊的第十七子李元裕——邓王的赏识，在王府担任属官。在邓王病故后，卢照邻离开王府，谋了个四川新都县尉的官职。这个职位，常干些催租索税、抓人拉丁的缺德事，像他这样的正直的人是做不来的。

任期满了后，他在天府之国待了几年，游历巴山蜀水，之后回到洛阳寓居。这时候，他等来的不是仕途的再次腾飞，而是飞来横祸。

卢照邻被抓进了监狱，何人所告、所犯何事一概不知，糊里糊涂地遭受无妄之灾。后来听说是因他所写的长篇歌行得罪了权贵。

诗中有"梁家画阁天中起"之语，后面又有"别有豪华称将相，转日回天不相让。意气由来排灌夫，专权判不容萧相"等点评时事、讥讽权贵的话语，梁王殿下武三思觉得这是讽刺自己的，于是就将卢照邻投入大牢。虽然经过审讯，最后卢照邻被放了出来，但还是被吓得不轻。

这首让卢照邻吃了不少苦头的长篇歌行，题目是《长安古意》，却成为初唐脍炙人口的名篇。此诗托古意而写今情，展现了当时长安社会生活的广阔画卷，成了初唐七言歌行的代表作之一。

出狱后不久，卢照邻患病，在换了几个地方后，卢照邻的双腿和一只手瘫痪了。于是他在河南新郑的具茨山下买了地，盖了院子，在那里痛苦地度日。到了六十多岁时，卢照邻实在熬不下去了，觉得生不如死，无法忍受病痛，他借口出门垂钓，投入喜爱的颍水河中，结束了自己的生命。"初唐四杰"中，卢照邻相对来说，是比较长寿的，但由于患病，影响了仕途。他有能力写出优美的"上官体"，但在晚年，贵族诗歌的严格惯例无法表达他的痛

诗坛高手为何多出唐代

56

苦、曲折的生活经历，于是他写出了因病而失去平衡的痛苦呼号的抒情诗。

卢照邻如今存诗104首，他的诗中七言歌行较多，寄寓较深的人生感慨，成就也多出于此。杨炯在《已子安集序》中称他为"人间才杰"。

骆　宾　王

骆宾王自幼才华出众，在他七岁那年，祖父的朋友来访，少年骆宾王跟随闲谈的他们走到村口的骆家塘，几只白鹅正在戏水。那位朋友听骆宾王祖父之前称赞骆宾王聪慧，便有心考考他，让他即兴作一首诗来。骆宾王信口就吟唱了关于鹅的千古绝唱。现在这首诗家喻户晓，小学一年级的学生都会背，在当时也是广为流传。这首诗便是《咏鹅》。

鹅，鹅，鹅，
曲项向天歌。
白毛浮绿水，
红掌拨清波。

这首诗将鹅的形态描绘得生动又准确，且朗朗上口，不久就传遍乡里，骆宾王被称为"江南神童"。稍后几年，他和母亲前往父亲任职县令的山东居住。在山东，他在儒学文化上下过很深的功夫，深受传统礼义的熏陶，被称为"齐鲁才子"。虽然读的是圣贤书，但他喜欢结交三教九流的朋友，好打抱不平，性格尤为耿直，不随波逐流，不擅长曲意逢迎。这样很有棱角的性格，对仕途的发展反而有碍。

由于骆宾王出身低微，年轻气盛，又自以为学识精博，恃才傲物，不愿追逐权贵，因此也不愿行"干谒"之事，也就是"行卷"，最终科举名落孙山。

直到唐高宗李治到泰山封禅，四十五岁的骆宾王写了一篇《请陪封禅表》献上，凭着这个表，引起了皇帝的注意，正式跻身官场。在京城待了两年，骆宾王便要求随薛仁贵的大军去西域。后又随姚州行军大总管李义去讨伐南诏，军中文檄大多是骆宾王所作。从军的经历，让骆宾王真切感到边塞的场景与战事的喧嚣和残酷，为他的诗歌提供了十分丰富的题材，让他成为唐朝第一个用诗笔写下西南边地绝壁重生、飞湍凶猛的奇异风光的诗人。

从军中归来，骆宾王被升为侍御史。后因上书议论政事，触犯武则天，遭到诬陷，以贪赃的罪名，进了监狱。在监狱中，悲愤的骆宾王写了五律《在狱咏蝉》一诗：

西陆蝉声唱，南冠客思侵。

那堪玄鬓影，来对白头吟。

露重飞难进，风多响易沉。

无人信高洁，谁为表予心。

　　"西陆"指秋天，"南冠"是囚徒的意思，"玄鬓"指蝉的黑色翅膀。诗人在开头感慨自己正当盛年，却来默诵《白头吟》那样哀怨的诗句。诗中以幽栖高树、餐风饮露寄寓高洁的志向，以露重难飞、风掩其鸣来象征他遭遇的不幸。最后以蝉自喻，托物寄兴，表明自己的高洁。这首五律蕴含了他的真性情，抒发了高洁不屈的心志，成为耳熟能详的名篇。

　　唐高宗大赦天下时，骆宾王得以出狱，骆宾王对仕途官场意冷，但他始终不改自己经国安邦的志向，因此，一有机会，他就奋发进取。在骆宾王约六十五岁时，武则天废掉中宗自立为帝，当年的九月，唐代开国元勋徐世勣的长孙徐敬业在扬州起兵讨伐，想以武力来推翻武则天的统治。徐敬业招募骆宾王，骆宾王马上就去了，写下了著名的《讨武曌檄》。《讨武曌檄》慷慨激昂，气吞山河，很有号召力，檄文以"请看今日之域中，竟是谁家之天下！"结尾，大气磅礴，戛然而止，感召之音，久久不绝。骆宾王的这篇檄文尽显"笔阵横扫千人军"的文采风流。

武则天初读到这篇檄文时只是笑，不以为意，当听到"一抔之土未干，六尺之孤何托"一句时，大惊失色，忙问是谁写的，知道是骆宾王时，责备宰相说："这样的人才，不能为我所用，是宰相的失职。"

正是由于这篇文章，徐敬业短时间内集齐十万大军。这篇檄文名动天下，但最终扬州兵败，骆宾王逃亡了，在南通终老。

说完故事，我们发现，这四位文人有着相似的遭遇，仕途的起点都不错，都是天才少年，但之后走的却是下坡路，这与他们自身的性格不无关系。不过，正是他们，用现实的人生感受，自觉改革文坛风气，用激情和生气，追求刚健壮大的审美，开始改变初唐风貌。"初唐四杰"有意识地改革当时的文风，做出诸多努力，在初唐诗坛上起到承前启后、继往开来的作用，这正是他们了不起的地方。

第五章

《登幽州台歌》为什么是千古绝唱？

登幽州台歌

前不见古人，后不见来者。

念天地之悠悠，独怆然而涕下。

　　这首《登幽州台歌》是唐初诗人陈子昂的代表作。全诗明白如话，质朴无华，读来朗朗上口，铿锵有力，反复吟诵几遍后，更是余音袅袅，荡气回肠。短短四句，穿越古今，依旧具有强烈的感染力。不看这首诗的作者，不管它的时代背景，单看诗，也能体会到语言的魅力，让人感受到一种刻骨的孤独与悲伤。

　　"前不见古人，后不见来者"，古人是逝去的人，来者是还未出生的人。人只有在对现实感到失望，彷徨无依时，容易思念古人，怀念先贤，寄希望于后来者。古人中有智勇双全者，有风雅超群者，更有礼贤下士者。未来将会有锐意进取者，保家卫国者，求贤若渴者。但两个"不见"，暗示诗人孤立无援的境遇。从过去到未来，都没有人能够理解诗人，没有人能够给诗人安慰，或者就算有也不能存在于当时当世。

　　无论说的是过去还是未来，诗人的立足点都是当下，就在登上幽州台的一瞬间，诗人思望古今，却发现时间是无情的，向前看是无限的，向后望也是无限的。在这么浩渺的时间岁月里，"前不见古人，后不见来者"，作者的

诗坛高手为何多出唐代

孤独感十分强烈。

"念天地之悠悠"，思绪回到眼前，站在幽州台，放眼望去，没有边际，眼中是荒凉的景物。视野范围之内的世界和范围之外的世界多么宽阔无边，就像我们行走在无边的沙漠，四周越是无限蔓延，人就会越感到渺小。"独怆然而涕下"，在浩渺的时间和无边的空间中，人的生命长度却是短暂的有限的，在这种对比中，诗人孤傲高耸的悲情被渲染到极致，个人的无力感被放到最大，悲不能已，禁不住泪流满面。

这四句诗，如果抽离了作者的写作背景，我们也能够理解与感受诗中的感情。每个人都会有不被人理解的时候，有孤独伤心之时，会经历不如意的逆境，这个时候的心情，就如陈子昂在《登幽州台歌》中吟唱出的一样，我们能够感同身受。不过陈子昂是将这种感情表达得最深刻最彻底的人，他用质朴的语言写出了最悲怆的感情，隔着一千多年，我们依然能感受到陈子昂内心的凄凉与悲愤。在伤心失落时我们会想起陈子昂这首诗，会产生共鸣，感情得到宣泄。感情一旦能够得到释放，我们的内心就会重新归于平静。

读完这首诗，我们不禁好奇，陈子昂究竟是怎样一个人？他为什么会在那个时刻，那个地点，写下那样的千古诗篇？他的人生结局又是怎样的呢？

（一）

陈子昂，活动于武则天统治时期，梓州射洪（今属四川省）人。陈家在当地算得上豪门，富家子弟出身的陈子昂，少年时期就很有个性，但任侠使性，读书不用功，天天都泡在射箭棋艺等博弈活动中游耍，光阴虚度，直到一天射箭误伤他人，才幡然悔悟，立志好学，此时已经十八岁了。好在陈子昂勤奋刻苦，从此以后他谢绝宾客来访，专心研究古代典籍。几年之内，儒家经典、史书、百家之学的各种书籍没有他不啃完的。

在家乡苦读三年之后，陈子昂怀着指点江山、建功立业的志趣与万丈豪情，辞别故乡来到长安念太学，为参加科举考试做准备。当时科举考试不糊名，因此考前的名声十分重要，碌碌无名之辈考中的希望很渺茫。陈子昂孤身一人来到陌生的长安，没有一个高官文豪认识他，想要得到推荐很难。首次科举落第，更像一桶冷水浇在陈子昂的头顶上。此时他该怎么办？一般人会选择继续等待，是金子总会发光。但《太平广记》中记载了一个故事，说明陈子昂不是一般人。

陈子昂待在长安，科举不顺，苦想门路。一天，听闻集市上有人在卖一把胡琴，出价百万，围观者众多，每天都有富豪权贵闻名过来传看那把琴，但没有一个人能够辨别优劣，也没有一个人出钱购买，因此来来回回好几天，胡琴依旧在集市上叫卖，围观者丝毫不见减少。陈子昂知道后，来到集市上，看了胡琴一眼，对卖琴的人说自己可以用一千串铜钱来交换。卖琴人喜笑颜开连声答应，众人大惊，都问这个年轻人这么高价钱买琴用来干什么。陈子昂只说自己善于弹奏这个乐器。

旁边好奇的人就问，有没有机会听公子弹奏一曲。陈子昂点头一笑，告诉了众人他的住址，并且说明日备有酒水，如果大家能够邀请有名望的朋友来就更好了，是他的荣幸。第二日早晨，陈子昂的住所来了一百多号人，房间被挤满了，来者不少是当时有头有脸的人物，都对陈子昂千金买琴感到好奇，也想一睹胡琴奏乐的风采。

陈子昂用美酒佳肴招待来客，吃饱喝足后，只见他不慌不忙拿出胡琴，将琴捧在手中，说：“我陈子昂虽然没有谢灵运和谢朓那样的才华，但却有屈原、贾谊的志向，从四川来到京城，我带着百余卷诗文四处求拜，却没有一个人赏识。这种乐器不过是低贱乐工用的，却敢出价百万，哪里值得我来弹奏？”

说时迟那时快，他将琴举过头顶，奋力往地上一摔。砰的一声巨响，胡琴摔得粉碎。在大家目瞪口呆之际，陈子昂将自己事先准备好的诗文，一一赠给来客。看看他的诗文，字字珠玑，工整巧妙，于是人人争相传诵。当天京城里几乎都在议论着这件事，一夜之间，陈子昂便家喻户晓，名满京城。用我们今天的话来说，就是"炒作"成功了。

陈子昂这一招可谓有胆有谋，当然也少不了才和财的帮忙，可见他的行事作风有异于常人，绝不是甘于碌碌无为之辈。他的这种志向和家世有关，多位祖先曾为名臣高官，比如陈子昂的第二十八代世祖陈平。在楚汉战争时，陈平为汉高祖刘邦出谋划策，六出奇计，官拜右丞相，封为曲逆侯。陈平是一介布衣，凭着自己的才智，直接做到丞相的位置，十分风光。祖先的功业对陈子昂影响很大，他也希望自己能够光宗耀祖，实现自己的才能，于是用纵横家出奇制胜的方式，积极入仕，想成就一番功业。

可惜陈子昂之后的仕途却不够顺畅，他的政治生涯起步于麟台正字，就是皇家图书院的图书抄写员，是个正九品的小官，止步于右拾遗，即言官，也就是说话的官，正八品。言官的言论，在古代是很正经的事情，关系朝廷的兴衰，吏治的清浊，用今天的话来说，就是向朝廷提批评和建设性意见。可想而知，这个右拾遗是有益于国计民生的，但却容易得罪人，不仅容易得罪官员，也容易得罪皇上。陈子昂又是耿直刚毅之人，他在朝廷上混不好，政坛上的陈子昂是命运多舛的。

二十四岁，他如愿中了进士，后被武则天三次召见，询问国策，他的话恳切率直，也敢于向皇上提意见，曾有一系列的谏疏，内容涉及内政、外交、军事、刑赏、民生等方面，体现了陈子昂的卓越政治见解。但他一度因批评朝政被当成"逆党"关进监狱，出狱之后的陈子昂依然一腔热情，壮心不灭。在入狱之前，陈子昂有过一次从军经历，置身边塞千里大漠，亲身体验到边关士卒的艰苦生活与凄惨遭遇。这一经历，对他的诗风有深刻的影响。

出狱一年后，他得到了一个机会，追随武则天的侄子武攸宜统军北讨契丹，陈子昂为管记，军中文书都由陈子昂负责。陈子昂以为这将是一次建功立业的机会，热情高涨，没想到，武攸宜是个草包，不懂军事，刚愎自用，在战时危急时刻，武攸宜对敌人很畏惧，进退两难，于是滞留渔阳。

陈子昂连忙进言，请求派出一万精兵作为前锋，火速进军，而他自己愿意跟随一万精兵充当先驱。陈子昂慷慨陈词，在表明自己的献身决心的同时，提出一系列具体建议，武攸宜认为陈子昂区区一介书生，竟敢越职胡言，挑战他的权威，对他嗤之以鼻，因此不仅不采纳陈子昂的建议，反而对他降职处罚。这就使得陈子昂一腔慷慨激情遭到严重挫伤，从而生出报国无门、壮志难酬的幽愤。

离军队停留的地方渔阳不远处有一处名胜，叫蓟北楼，也就是幽州台。幽州台相传是燕昭王所建，燕昭王是春秋战国时燕国的一位君王，他礼贤下士，在幽州台上放上贵重黄金，宴请天下奇士良将，广纳贤才，为燕国效力，名将乐毅就是这样被燕昭王收入帐下。乐毅麾军伐齐，连续攻克齐国七十余座城池，使齐几乎灭亡。

然而，当陈子昂登幽州台时，早已物是人非，幽州台还在，却再也不见当年的燕昭王，苦闷的陈子昂找不到古人燕昭王的足迹，也看不到未来自己的伯乐在哪里，于是一腔悲愤喷涌而出："前不见古人，后不见来者。念天地之悠悠，独怆然而涕下！"

这是一首吊古伤今的生命悲歌。古朴的形式、凝重的文辞与慷慨悲愤的情调、雄浑深远的意境相得益彰，具有很高的审美价值。可惜，写得尽的诗篇，写不尽的怀才不遇，写不完的壮志难酬！

两年后，陈子昂心灰意冷，以父亲老了需要回乡侍奉为由，上表请辞还乡。武则天赏识他的才能，特批他保留官职，保留待遇，回乡安养。

此时的陈子昂已经看破官场，再无心于仕途，他计划静下心来研究历史，甚至想写一部从汉孝武帝开始到初唐时期的《后史记》，遗憾的是，因为父亲的去世，陈子昂搁笔，从此再也没有续写的机会。

不久，射洪县令段简盯上了陈子昂的家产，陈子昂的家属先后给他送了20万串铜钱他还嫌少，他想榨干陈子昂身上所有的钱财。后来，陈子昂无声无息地死在狱中，至于何种死因，没有人能说得清，总之他死了，死于无边的黑狱。死时只有四十二岁，正值壮年。

（二）

唐代社会给普通读书人带来了许多希望和昂扬奋发的雄心，但自古官场就充满各种陷阱，纵然事事小心也难全身而退，更何况陈子昂直言上谏，自视颇高，容易得罪人。两次随军，两次下狱，这些身世遭遇算得上不幸，但对于作为诗人的陈子昂倒是十分有利，使他诗中的境界越发雄浑壮大。

当时宫廷诗风仍是主流，"初唐四杰"的崛起，在诗中歌唱理想抱负，激情飞扬，打破了诗坛的沉寂，拉开了唐诗变革的序章，对宫廷诗风的评判也很有力度，但"四杰"是改造它，并没有推翻它。而陈子昂是彻底抛弃了宫廷诗风，以更坚决的态度起来反对齐梁诗风影响下的初唐宫廷诗的统治。他的《与东方左史虬修竹篇序》是一篇重要的文学批评文章，他在这篇文章中明确批评齐梁诗风过分追求修辞性的华丽，缺乏内在真切的生命，提倡"汉魏风骨""风雅兴寄"。他上承建安，下开盛唐，是初唐诗坛上一位响当当的人物，可谓一代文宗。不仅有理论，陈子昂自身的创作也是最好的开拓和说明。今天存有《陈子昂集》十卷，补充遗作一卷，一共存诗一百二十多首。《感遇》是陈子昂在生命的不同时期写的、有关时政与自身际遇感慨为主旨的组诗，共三十八首，我们来赏析其中第二首，感受陈子昂的"风骨"。

> 兰若生春夏，芊蔚何青青。
> 幽独空林色，朱蕤冒紫茎。
> 迟迟白日晚，袅袅秋风生。
> 岁华尽摇落，芳意竟何成？

兰若，即兰草与杜若，二者都是香草。芊蔚（qiān wèi），草木茂盛的样子。朱蕤（zhū ruí）是红花。前四句描写了香草兰若的高雅外形与独特风姿。春夏生长的兰花和杜若，长得茂盛青葱。独特的紫茎亭亭玉立，捧起鲜红的花瓣，在林子中遗世独立，幽然自处。"幽独"和"空"三字，写得极妙，既突出了兰若卓然不群、不愿同流合污的个性，又体现了全诗孤芳自赏的思想。

后四句以"白日晚""秋风生"写兰若枝衰叶败，芳华逝去，隐喻自己不被赏识，虚度青春。"岁华"和"芳意"两句，借花草凋零，悲叹自己年华流逝，理想破灭，寓意凄婉。一个"竟"字，道出了诗人郁闷已久的悲愤和

诗坛高手为何多出唐代

不平。"迟迟",写从夏入秋,白昼日短的逐渐变化特点,用词准确;"袅袅",形容秋风乍起,凉而不寒,形象传神。

诗中以兰若自比,寄托了个人的身世之感。陈子昂颇有政治才干,但屡受排挤压抑,报国无门,四十二岁就被射洪县令段简所害。这正像秀美幽独的兰若,在风刀霜剑的摧残下枯萎凋谢了。

从形式上看,这首诗很像五律,而实际上却是一首五言古诗。它以效古为革新,继承了阮籍《咏怀》的传统手法,托物感怀,寄意深远。和初唐诗坛上那些"采丽竞繁"、吟风弄月的作品相比,它显得格外充实而清新。

"兴寄"和"风骨"都是关系着诗歌生命的首要问题。"兴寄",从陈子昂的创作中看来,是指对人生问题和社会问题的关注,由此激发出的热烈情感。"风骨"的实质是要求诗歌有高尚充沛的思想感情,有刚健充实的现实内容。陈子昂提倡诗文的"兴寄",希望学习魏晋时期的刚健的诗风,一洗初唐宫廷诗的绵软无力,他确实做到了。当时,陈子昂被称为"诗骨"。

陈子昂打着复古的旗号,对齐梁和初唐追求形式美的特点一律否定,这在后人看来,是有失偏颇的。因为唐诗在盛唐的繁荣既离不开充满"风骨"的诗意,也离不开诗歌形式的完善和优美。这两者,缺一不可,二者兼具,唐诗才是我们认可的那颗璀璨明珠，才有李白、杜甫、王维、李商隐等大诗人的优秀作品。陈子昂认为文章的衰落已经有五百年了，这就完全否定了齐梁和唐初对音律、对偶、句型的探索与贡献，是偏激的。

但有一个词叫作"不破不立"，它的意思是不破除旧的，就不能建立新的。初唐宫体诗已经蔓延太长时间了，几十年诗坛都笼罩在纤巧绮靡的诗风下，律诗已经完备，再发展下去，诗就剩一个空壳，多是没有灵魂的呻吟。"初唐四杰"虽然从山野边境之地发出清新的声音，但没有提出明确的诗歌口号，远达不到一扫初唐柔媚诗风的要求。

于是，陈子昂为了发挥诗歌刚健有力、积极向上的诗风，大力贬斥齐梁炫目繁复的风格，标举汉魏时期昂扬卓著的风骨，打着复古的旗号，也能减少阻力。陈子昂成为初唐诗坛振臂高呼复古改革的第一人，他影响了当时及后世很多的文人士子。陈子昂的诗歌，以其进步、充实的思想内容，质朴、刚健的语言风格，对整个唐代诗歌产生了巨大影响，在中国诗歌史上堪称有功之臣。

魏晋以来有多久没有写出"老骥伏枥，志在千里。烈士暮年，壮心不已"这样的壮歌，多久没有唱出"采菊东篱下，悠然见南山"如此的真情。自陈子昂始，初唐诗风大变，一个辉煌的诗的王朝翩然而至。

第六章

被埋没了数百年的《春江花月夜》有多美？

有这么一位诗人，他的诗在历史上沉寂了近千年之久才被人发现和赏识，在得到肯定后，便荣获至高的评价，被学者誉为"孤篇横绝，竟为大家"。什么意思呢？"孤篇"，指的是他的作品极其之少，少到在以"全"著称的《全唐诗》中只留下两首。"大家"，指在某方面造诣颇为精深的人。很少的人当得起这个称号，几十年甚至上百年都可能没有一个人能称得上"大家"。这个凭"孤篇横绝"，获得如此赞誉的人，叫作张若虚，他那一首"孤篇盖全唐"之诗就是《春江花月夜》。

张若虚何许人？翻遍整个唐朝史书典籍，只知道他是扬州人，因为文辞俊秀和贺知章、张旭、包融并称"吴中四士"，曾任兖州兵曹——管理军队人事任免的官。其余生平经历一概不知，是个神秘的诗人。

好在他的《春江花月夜》还是流传下来了。单看这个诗名，就美得不可方物。春天，江水，花朵，明月，静夜，是大自然的无限馈赠，单凭其中任意一样，便能产生无数诗的语言，给人美的感受，更何况是五美并列交织，怎能不令人心神摇曳、心驰神往呢！但这个题目并非张若虚首创，而是乐府旧题。创制者是谁，说法不一而足。这一旧题，到了张若虚手里，突然就焕发异彩，获得了不朽的艺术生命，他是真正写出了诗题之美的人。时至今日，人们甚至不再去探究这个题目是谁的原创，而把《春江花月夜》这一诗题的真正创作权归功于张若虚了。

《春江花月夜》是一场美的盛宴。人人对美都是爱惜的，喜欢的。美好的事物，给人希望，给人正能量。这首诗到底有多美呢？何以禁得住如此的盛誉？带着疑问，我们来欣赏这"诗中的诗，顶峰的顶峰"吧。

（一）

春江潮水连海平，海上明月共潮生。
滟滟随波千万里，何处春江无月明！
江流宛转绕芳甸，月照花林皆似霰。
空里流霜不觉飞，汀上白沙看不见。
江天一色无纤尘，皎皎空中孤月轮。
江畔何人初见月，江月何年初照人。
人生代代无穷已，江月年年只相似。
不知江月待何人，但见长江送流水。

诗歌的开头，就将我们带入烟波浩渺、皓月当空的画卷里。江阔如海、江水涌动的力量，和月亮缓缓升起的动感交相呼应，海月共生的场景宛如眼前。

"滟滟随波千万里，何处春江无月明！"波光荡漾的江水绵延千万里，我们跟随着江水的奔腾步伐，好像看到月华相随，照耀千里。月亮的光芒不仅仅照耀江水，还照在千家万户，使大地生辉。画面悠远，气势磅礴。

"江流宛转绕芳甸，月照花林皆似霰。"再回到眼前景色，江水潺潺，弯弯曲曲，环绕着长满花草的原野，有花有水，动静相宜。冰凉如水的月光照耀在花林，花儿好像细密的雪珠在闪烁。

"空里流霜不觉飞，汀上白沙看不见。"古代人认为霜和雪一样，是从天而降，因此有流霜之说。诗中此时的月光像霜一样皎洁，朦朦胧胧，但感觉不到霜在飞扬。小洲上的白沙在月华的照耀下，被映照得看不清晰了。

"江天一色无纤尘，皎皎空中孤月轮。"江水和天空在月光的照耀下，融为一色，放眼望去，只有一轮孤月安静地悬垂天际。诗人的心绪也被这空旷、空灵的景色引起波澜，内心一阵热浪涌起，情绪一下子上升起来。

"江畔何人初见月，江月何年初照人。"这两句像闪电一样击中人们的心扉。人们在俗世中，忙忙碌碌，纵然忙里偷闲像诗人一样出来赏月，但从来没有人这么追问过，问在江边看月亮的第一人是谁？江上的月亮又是什么时候初次照耀人世呢？这是哲学式的发问，问的是存在的意义。正是因为"人生代代无穷已，江月年年只相似"，才有必要有此一问，何人初见月，何年初照人的"初"才那么震惊。因为太多人不会问，不会去想，活着就是活着，按部就班，从不去想自己是谁，从哪儿来，到哪儿去。这存在的意义，人类的源头，宇宙的初始，让张若虚思考，在如此美好的夜晚问出来了，让人蓦然一愣，随即又让人陷入沉思。可惜作者不知道答案，我们也不知道。

"不知江月待何人，但见长江送流水。"这是作者的自言自语，是没有答案的疑惑和叹息，有时候不知道比知道更有迷人的魅力。

有意思的是"待"字，江月是不是一直在等待某人呢？就像传说中牛郎织女一年一度只有在七夕才能相见，其余时间是在等待。江月每天晚上都会准时出现，月月如此，年年如此，几千年如此，谁让月亮这么做的呢？作者猜，一定是在等待某人吧。在诗人心中，江月是有情的。可见诗人是多么的浪漫。我们现在知道，月亮是地球的卫星，由于引力的原因，才会围绕着地球转，有规律地转，如果说月亮真是在等待着谁，那一定是地球了，几十亿年不离不弃，最是忠贞不渝了。

诗人不知道月亮为什么绕着地球转，但他由月亮年年岁岁的守候，想到了人世间的感情，美好的感情不就是长久的相守相伴与相思吗！这样的感情在张若虚的笔下一一铺展开来：

白云一片去悠悠，青枫浦上不胜愁。

谁家今夜扁舟子？何处相思明月楼？

可怜楼上月徘徊，应照离人妆镜台。

玉户帘中卷不去，捣衣砧上拂还来。

此时相望不相闻，愿逐月华流照君。

鸿雁长飞光不度，鱼龙潜跃水成文。

"白云一片去悠悠，青枫浦上不胜愁。谁家今夜扁舟子？何处相思明月楼？"这四句总写离人和思妇分隔两地、互相思念的感情。大家可能会有疑问，《春江花月夜》写的是夜晚的场景，怎么会有白云飘然而过？其实，在天气特别好的夜晚，皓月当空，若刚好有片薄云正对着明月飘过，月亮反射的光线就会穿透稀薄的云层，这时候抬头望过去，就会看见白云一片去悠悠的场景了。

而且，古人常常用"云"抒发离情别绪。"云"聚散不定，恰像人分分合合的无常；而"云"在天空中飘泊无依，又酷似离家在外的人流离失所的情景。张若虚通过云的意象，引发离人的哀思。六朝时期著名的诗赋家江淹在《别赋》里有一名句："黯然销魂者，唯别而已矣。"自古而今，离愁别绪就是文学永恒的主题，为何？首先，古代交通不发达，没有我们今天便利的汽车、火车、飞机。古中国地域辽阔，人们可能一别就是永不相见。其次，几千年来中国历史上的男人不是服徭役兵役，就是要为生计而奔波，离人怨妇，正是社会底层的生活现实。

如此一轮明月，如此心境之下还有什么题材比写离人怨妇更好呢？只有如怨如慕如泣如诉的相思情怀，才与如此凄清的一轮江月相称，也只有纯真的情，才能使高天皓月更显皎洁。这样大开大合的过渡，手法巧妙如神来之笔，令人拍案叫绝。在这样一个明月夜，是谁家游子飘荡在一叶扁舟之中，他家在何处？又是谁伫立在那月明如水的楼头思念她的远方飘零者呢？仅用了"谁家今夜扁舟子？何处相思明月楼"两句，合写离人怨妇，总领下文。然后派出八句描写怨妇的内心世界。

以思妇的口吻和心境，诉说离肠，这是宫体诗惯用的手法。女性心思细腻，多愁善感，但女诗人却寥寥无几，男性诗人便仿照女人口吻，代其抒发，但更多是借女性的哀思表达自己怀才不遇的感情。男性代女性说话，写得不好就容易隔靴搔痒，格调也不好把控，之前的宫廷诗所写之物多艳丽哀怨，流于艳俗，而张若虚这一首虽也是写女性心思，却写得清丽深情，没有淫词艳语。

我们仿佛看见，月光澄明的夜晚，微风习习，月夜下的闺楼里一女子独守空房，月光照在梳妆台上，镜子里只有孤零零的自己，良辰美景，却没有心上人作陪，更显思念与孤寂。而那月光好像通晓人意一般，想要作陪，玉户帘中，捣衣砧上……丝丝月华徘徊不去，萦绕在四周，赶都赶不走。却不知女子触景生情，愈发相思。女子和情人相隔万里，不知心上人所踪，只能对着天空的月亮，让月亮作为媒介，遥寄相思。望着望着，悲从中来，女子多么希望自己能够变成光线顺着月光和心上人相见。"愿逐月华流照君"难道不是对如今光纤通信与卫星通信两大技术的大胆预言？真是特别有意思。而那"鸿雁""鱼龙"本来是书信的象征，但山高路远，它们竟然都无能为力了。这几句想象，足以见女子的思念之深、之痛。

> 昨夜闲潭梦落花，可怜春半不还家。
> 江水流春去欲尽，江潭落月复西斜。
> 斜月沉沉藏海雾，碣石潇湘无限路。
> 不知乘月几人归，落月摇情满江树。

最后这八句，诗人又换了一个口吻，以游子的心态来诉说。像民歌对唱一样，有唱有和，更超出宫体诗的范围了。女子的思念可谓肝肠寸断，那么漂泊在外的游子，他挂念等候他的娇妻美眷吗？他在如此美好的夜晚又是怎样一番心境？

游子做梦梦见花落归潭，春天都过去一半了，自己却不能回家。那悠悠江水，好像要把春天带着一起流走，这春天难道不像游子的青春吗？江潭里月亮的倒影，也向西边落去，藏进水雾里，看不见了，就像游子和心上人遥遥相隔，距离无限遥远，归途无期。

最后一句"不知乘月几人归，落月摇情满江树"，能够趁着月色回家的有几人，那西落的月摇荡着离情，清辉洒满了江边的树林。《红楼梦》第四十五回，林黛玉仿照张若虚的《春江花月夜》作了一首《秋窗风雨夕》，题目相似，里面的一些句子也相似，如最后一句"不知风雨几时休，已教泪洒窗纱湿"就和"不知乘月几人归，落月摇情满江树"有着一样的结构与立意。摇情是欢景，却比洒泪更让人唏嘘，意到浓时，无法吐露，便转为他情别景。张若虚比林黛玉之词更显蕴藉深厚。

读完整首诗，我们不禁要猜，张若虚这首诗是在哪里写的呢？青枫浦是诗中出现的唯一一个名字，正好在今天的浏阳，又名双枫浦。浏阳八景中有一景是"枫浦渔樵"，"枫浦渔樵"是指双枫浦的景色，它位于浏阳城南清渭水的旁边，河水从南向北，洋洋洒洒流来，碧波如洗，波光粼粼，缓缓摇曳入浏阳河。但毕竟不知道这个双枫浦是不是就是张若虚的青枫浦。

也许不确定也是一件幸事，如果我们知道了，那这片美丽的地方一定会成为今天的旅游名胜，游人如织，喧闹得很。并且，不确定，就没有失望，没有破坏。《春江花月夜》存在于每个人的心中，每个人心中都有一处《春江花月夜》，它就会偶然地与人们不期而遇。

（二）

《春江花月夜》写了最美的景和最美的情，整首诗分为两个部分，第一部分正面描绘景物，然后借景抒情，升华到天地万物的起源与发展；第二部分写游子思妇的"情"，这两部分却不是毫无关联，恰恰相反，这首诗拥有一个整体的意境，笼罩在"春、江、花、月、夜"之中。

在诗中，月是主体，月在一夜之间经历了升起、高悬、西斜、落下的过程。随着月的升起，带出"春、江、花、夜"，春江涨水，花好月圆，夜的序幕拉开；随着月亮的落下，"春、江、花、夜"逐渐地收回，江水流春，落花斜月，夜的舞台结束。春、江、花、月、夜五景绝不孤立存在，环扣交错，各自生趣。整首诗的情意相连没有间隙，在代代无穷的望月人群中，作者特意借乘舟的游子和楼上望月的思妇来抒情。整首诗，春字出现四次，江字出现十二次，花出现两次，月出现十五次，可见江与月，是作者的主要笔墨，因此，选择这两种人，合情合理，有主有次，十分完满。

全诗共三十六句，四句一换韵，共换九韵。全诗随着韵脚的转换变化，平仄的交错运用，一唱三叹，前呼后应，既回环反复，又层出不穷，音乐节奏感强烈而优美。这种语音与韵味的变化，又是切合着诗情的起伏，可谓声情与文情丝丝入扣，婉转谐美。初唐诗至此已圆满结束，形式和内容交相辉映，融为一体，实现了文质彬彬，开始进入盛唐。

这首诗，还有一个特点，就是多用疑问句式和否定词，这样的用法散发着无与伦比的美学意味。疑问句如"江畔何人初见月，江月何年初照人"引人思考，让诗意延展，境界开阔。

否定词有"无"和"不"，如"何处春江无月明""空里流霜不觉飞""汀上白沙看不见""江天一色无纤尘""人生代代无穷已""青枫浦上不胜愁"以及后面大量的"卷不去""不相闻""光不度""不还家""无限路"，还有两个"不知"。这些词的运用，看起来是在否定，但同时藏着另一层意义上的肯定。如"空里流霜不觉飞，汀上白沙看不见"，正是在"不觉飞""看不见"中，流霜和白沙在月色下的美凸显出来了。并且，不少句子否定了真实，肯定虚幻，在虚虚实实中为读者拓宽想象的空间。

这些否定词的运用，能够使两幅不同的画面交叠起来，成为一种"视觉和弦"。两种情境看似是对立的、反向行进的旋律，相互冲突而形成一种强烈的力感，却能使读者蓦然超越于现实而飞翔在两种不同的时空，体验到了两种不同的情感。这种反差增添了《春江花月夜》的不尽意味。

　　张若虚的《春江花月夜》情景合一，意境开阔，诗意盎然，形式优美，声韵和谐，实在不虚"孤篇盖全唐"的评价。

第七章

王维的"诗中有画，画中有诗"是怎样炼成的？

王维，山西人，生卒年不详，通常的说法是生于公元701年，与李白同年，大半生时间生活在盛唐时期。在唐朝，他是在世时就获得极高评价的大诗人之一。如果说诗人中谁最像贵族，当属王维了，不是指出身高贵，而是他的修养谈吐不凡。如果说读书人中谁最像艺术家，那王维也是榜上有名，不仅指他艺术造诣精深，更是指他的生活方式的诗意不羁。

纵观古代对王维的评价，多是儒雅、高雅、秀雅、典雅、淡雅等与雅相关的词汇。王维这种儒雅风流的气质风度，跟他广博深厚的文化素养分不开。他博学多艺，简言之，拥有很多特长，如精通音律，特别擅长弹琵琶，也通晓绘画，书法上也有造诣，诗歌成就更了不得，随便写一首，都是脍炙人口的名作，十七岁时就写出"独在异乡为异客，每逢佳节倍思亲"这样人人会背诵的佳句，将思乡之情写透。这些特长，我们今天只要拥有其中一项，就能在班上同学、单位同事面前颇受欢迎，算是有才艺的人。更何况王维身兼数艺，都是造诣颇深，可想而知，在唐朝也是吃香的人物，受人尊敬。

确实如此，他十几岁到长安，王公贵族都对他礼遇有加，如果当时王维有微信，他的好友列表里定会有宁王、薛王、岐王这些皇族，其中岐王对他最为赏识。他要是在朋友圈发个什么状态，点赞之人没准就有玉真公主、太平公主。为什么？《旧唐书·王维传》说了："诸王、驸马、豪右、贵势之门，无不拂席迎之。宁王、薛王视为师友。"像咱们之前说的陈子昂，还需要炒作才能受人重视，王维就简单多了。果然艺多不压身，多学点总是没坏处的。

《集异记》里记载了一段有关王维凭才艺得到赏识的故事：王维想参加科举，岐王和王维交好，对王维很是赏识，也希望他能一举登第。当时有一个叫张九皋的人，估计家里是极有背景的，他使人走通了当朝公主的后门，而这个公主不是别人，她是武则天的孙女，也是唐玄宗的同母胞妹。这位公主便写信给主考官，打算内定张九皋为"解头"，也就是第一名，这就是现在所谓的"潜规则"。要知道唐朝的科举不是那么严格按照考试成绩的，得到权贵的推荐登第机会就大很多。而王维也想当第一，靠山只是个岐王，其权势哪里比得上皇帝的亲妹妹呢！岐王偏是个爱才之人，觉得王维有能力当这个"解头"，于是想了想，终于想出了一个好主意——曲线救国，用音乐打动公主。

有一天，岐王让王维穿上一套很华美的衣服，王维穿上后那叫一个翩翩美少年，顺便还带上了他心爱的琵琶。这样，岐王带着王维一行来到公主宅第，说是要为公主举行一个艺术沙龙。王维一到，立刻吸引了别人的注意，"哎哟，这小伙子长得真俊！"公主看到后便问岐王："这位帅哥是谁啊？"岐王便说："这是我的一位知音。"说着便让王维为公主弹奏新曲。

我们的王公子开始表演了。只见他手抚琵琶，声调哀切，片刻之间就让满堂的宾客为之动容。公主也动容了，直接问王维道："这是什么曲子？"王维起身答道："是《郁轮袍》。"公主听了感到十分新奇，非常高兴。坐在一旁的岐王看形势一片大好，趁热打铁，紧跟着便说："我的这位知音朋友可不光是精通音乐，如果说到文章诗词那更是了不得，我敢说简直没有人能够超过他。"公主惊讶万分，不太相信，便问王维可有诗歌，拿出来大家看看，于是王维便将准备好的诗歌献上。公主一读，果然了不得，还说这些诗都是她读过的，以前一直认为是古人写的，现在终于明白了，原来是你这位帅哥所写，呀呀呀！于是公主便让王维更衣，不再把他当作伶人了，而是奉为座上宾。而我们的王公子继续表演，仪表堂堂地坐在那里与其他宾客侃侃而谈，指点江山，且语言风趣幽默，以其渊博的学识、风流的谈吐折服了在场的所有人，当然也包括公主。

岐王看戏也演得差不多了，王维这个小伙子着实表现良好，堪称演技精湛，现在只差关键的最后一步了，于是便说："如果这小伙子能成为今年京兆府的第一名，那真是国家的荣幸啊！社稷幸甚，天下幸甚！"公主说：
"那为什么不教他去应举？"岐王等的就是公主这句话
了："可是我听说您已经嘱咐好，要把'解头'给那个张
九皋？"公主笑道："嗨，那是因为他人求情，哪是我要
给那个张九皋啊！"好，大局已定，于是公主便对王公
子说："你要取'解头'的话，我当全力推荐你。"就这
样，王维借助公主的实力得以登第，风风光光，大大方方
的，没有辱没斯文。

《集异记》里的这个故事，不一定可靠，但也不是无
稽之谈，同样见于《唐才子传》《唐诗纪事》，一定程度
上表现出诸王爱重王维风姿的事实。王维的确是一位有着
音乐天赋的少年，用自己的才能赢得了显贵们的眷顾
与尊重。

进入朝廷的王维，和当年的爷爷一样做了朝廷的乐
官，太乐丞，但品秩更高。

纵是满腹才华，也难免遭遇政治上的不测。王维手下
的舞蹈演员，因不谨慎，私自表演了只能给皇帝观看的黄
狮子舞，王维因而获罪被贬。因为王维与岐王关系很好，
与宁王、薛王也有交往，所以很有可能是遭到最高统治者
的猜忌而被贬，黄狮子舞的事情只是借口而已，咱们的翩
翩美男子王维，没准就是做了最高统治集团内部钩心斗角
的牺牲品。

王维和宁王的交往，唐代孟棨《本事诗》也有记载：宁王李宪是唐玄宗的哥哥，府宅内收纳多位色艺俱佳的宠妓，但还是不满足。在王府附近，有一个卖饼为生的老实人，他的妻子肤白貌美，那宁王看见了，用了一大笔钱财从老实人那里把他妻子换进府中，说是换，实则是仗势明抢。宁王对那卖饼之人的妻子十分宠爱，等过了一年，在一个宴会上，宁王就问那女子："你还思念那卖饼之人吗？"女子低头不语，没有回答。宁王不死心，把卖饼者叫过来让他和妻子相见，这样做，是想知道那女子的真实想法。只见那女子看着这一年来日日思念的夫君，顿时泪流满面，不能自已。

　　这个宴会上请了十几位客人，都是当时著名的文士，没有一个人见了这场景不动容的。王维才思敏捷，写了一首《息夫人》，正是这首诗，让宁王最终放了那女子，遂了她的心意，让她回到卖饼的夫君身旁，成为文坛佳话。既不得罪宁王，又说出了自己的心意，二十岁的王维写出的《息夫人》是怎样的一首诗呢？请看：

> 莫以今时宠，难忘旧日恩。
>
> 看花满眼泪，不共楚王言。

　　我们要理解这首诗，首先要知道息夫人是什么人。春

诗坛高手为何多出唐代

秋时期，有一个小国家叫息国，息夫人就是息国君主的妻子，容颜绝代又称为"桃花夫人"。公元前680年，楚王灭了弱小的息国，将息夫人据为己有，息侯被活活气死。息夫人被掳后，在楚宫里生了两个孩子，但默默无言，始终不和楚王说一句话。

终于有一天，楚王忍无可忍，逼问她为什么不说话。她答道："我一个妇道人家，却嫁给两个丈夫，即使死不了，还有什么话可说的！"

王维这首诗，看似说息夫人，实则借古说今。"莫以今时宠，难忘旧日恩"这两句的语气像是息夫人的内心独白，又像是王维的描述。今天的恩宠不能作为忘却昔日夫妻恩爱的事实。"看花满眼泪，不共楚王言。"故国覆灭，前夫逝去，孤身一人处于仇国，虽然受到恩宠，但屈辱感和无力感始终缠绕心头，纵是满园春色，花团锦簇的美景，但想到自己如今仰人鼻息过活，更想起昔日的夫妻恩爱，息夫人也悲从中来，不能自已。那个对他百般恩宠的楚王，更是让她愈加伤心，一句话都不想和他讲。

王维厉害之处在于，以一男子之心写出了息夫人的悲痛和无奈，真实理解息夫人的处境并抱以同情。他没有以名节作为理由，对息夫人加以鞭挞，而是理解现实的无奈，人生的苦楚。卖饼人妻子的遭遇和息夫人有共同之处，王维借息夫人的故事说出卖饼人妻子的心声，让宁王从别人的角度理解这件事，这个目的确实达到了。年轻时候的王维敢于用自己的方式说话，可见他不是不问是非、屈服强权之人。

命运弄人，在王维写下《息夫人》之后的三十六年，五十六岁的王维竟然遭遇和息夫人一样的处境。公元756年，安禄山叛变，攻入长安，唐玄宗逃往蜀地。王维来不及跟随，被安禄山抓住，王维服药装病，准备逃跑。安禄山素来倾慕王维的才华，就把王维带到了洛阳，拘禁在普施寺，强迫王维就任伪职。一日，安禄山在凝碧宫设宴，让王维手下的乐工演奏，王维知道后十分悲伤，偷偷作了一首诗："万户伤心生野烟，百僚何日更朝天。秋槐叶落空宫里，凝碧池头奏管弦。"

叛乱平息后，当时在安禄山朝廷就职的官员全部依罪处罚，王维凭借《凝碧诗》和他弟弟王缙削职为兄赎罪才得以宽恕，降至太子中允，已经是从轻发落。后来又升迁太子中庶子、中书舍人，又升为给事中，最后官至尚书右丞。

唐肃宗没有责怪王维，当时的人也没有，但王维自己却深深自责，他理解息夫人，但对自己却很苛刻，认为自己负国偷生，还身居高位，十分愧疚。他的《叹白发》最后两句"一生几许伤心事，不向空门何处销"正是这种心情的真实写照。纵是这样品貌俱佳的人，也有不得已的苦楚。

诗人的诗文风格和他的遭遇有很大关系。王维出身于门阀世家，父亲虽早逝，母亲崔氏也是名门闺秀，礼佛、能画、娴静。优越的家庭环境和良好的教育让王维琴棋书画无一不通。他的性情也在艺术的熏陶和儒家文化的感染下变得温文尔雅、从容不迫。虽然经历过好几次的政治动荡，受到了牵连，但他既不孤僻，也不狂热；既不放荡不羁，也不墨守成规。他处世宽厚和善，并因这种极高的修养而受到皇族的欣赏。

王维的母亲是虔诚的佛教徒，师从一代名僧大照禅师三十多年，一生褐衣疏食，持戒安禅，对王维影响很大。王维，字摩诘，名和字连起来读就是"维摩诘"。佛经中有一部《维摩诘所说经》，其中的维摩诘，是著名的在家菩萨，以洁净著称。受到母亲影响，王维也跟着信奉佛教，不食荤腥，经常在家焚香诵禅。在唐代各个佛学流派中，王维信仰的是禅宗。可以说，他的朋友中僧人居士也很多。禅宗以无念为宗，追求一种心空的境界，心空，就是没有欲望，没有执念，没有偏执，没有大喜大悲，达到永恒的涅槃。王维正是在山水景色中，悟到禅理，所以他的诗多为空和寂的境界，其中的代表作是《终南别业》：

中岁颇好道，晚家南山陲。

兴来每独往，胜事空自知。

行到水穷处，坐看云起时。

偶然值林叟，谈笑无还期。

　　这是四十岁的王维隐居终南山期间所作。诗人说自己中年后不问凡事，爱好佛教。其实，王维一生信佛，只是中年以后看透世事，这种倾向更加明显。这首诗明白如话，其中"行到水穷处，坐看云起时"，值得好好品味。

　　诗人顺着溪流行走，不知不觉，竟然走到水的尽头，好像没有路可以走了，但诗人没有扫兴，没有不快，而是席地而坐，观赏起云来。那云不时翻涌，变化无穷，也是一处盛景，并没有枉费诗人一时兴起的情致。诗人看似简单记叙，但寥寥数语中，竟有着颇多禅味哲理。水穷之处，类似于人生中的困境，人生在世，不可能时时一帆风顺，遇到逆境或者绝境时，何不"坐看云起时"，也就是说，不用过于担心，转变心态，随遇而安，静候事态发展，困境总会过去，绝境也并非没有出路。这样一种心境，就是王维悟出来的，有点像老子说的"祸福相依"，福与祸是互相转化的，世事变化无穷，"行到水穷处，坐看云起时"是一种通达的心态，没有偏执，自然，和谐。

　　这样的性情和人生投射进他的诗中，就显得恬淡自然。王维是个挺会过日子的人，三十一岁妻子过世后，他不再续娶，四十四岁那年，偶然买到一座房子——辋川别业。这房子位于蓝田，原本属于初唐诗人宋之问，王维将它买下来，经过翻修融入自己的喜好，把依花带水的大房子变成了一个远离俗世、亲近自然的清净之所，之后他就在这里半官半隐，和道友唱和作诗，浮舟往来，弹琴赋诗，创作了《辋川集》。这些诗的境界到了出神入化的地步，好似没有凡世的杂念与干扰，尽能赏得大自然的风流滋味。

我们一起来看看王维的几首诗，感受他的"诗中有画，画中有诗"的妙境。

竹 里 馆

独坐幽篁里，
弹琴复长啸。
深林人不知，
明月来相照。

这是《辋川集》二十首诗中的第十七首。竹里馆是辋川别业的美景之一，房屋周围有竹林，因此取名。篁，是竹林。诗人独坐在幽静的竹林里，抚弄琴弦，伴乐长歌。在这深山茂林里，人迹罕至，没有人知道诗人在做什么，只有那明月突然地跳出来，照亮了诗人的身影，仿佛是一位知音，倾听诗人的心曲。这首小诗历来受人推崇，它营造了一种超人世外的情景，诗人心灵澄澈，恬淡脱俗，引人羡慕。弹琴、长啸、月照，将动作、画面、音响有机结合，有声有色，诗中有画。

山　中

荆溪白石出，

天寒红叶稀。

山路元无雨，

空翠湿人衣。

苏东坡在《书摩诘蓝田烟雨图》中盛赞"味摩诘之诗，诗中有画"，就把这首《山中》当作例证。读完这短短二十个字，使人有一种在观赏一幅山水画卷的感受，这画，时而明艳协调，时而迷蒙弥漫。荆溪，水流的名字，源头在陕西蓝田县西南秦岭山中。

品这首诗，可以调动很多器官。有颜色的"白石""红叶""空翠"，暗藏颜色的"荆溪""山路"，醒目而又和谐地搭配在一起，错落有致，富有情趣。这几个简单的词句，把山水画的框架勾勒出来了，点染出大自然的神气。接着写山路蜿蜒曲折，路旁的树木茂密极了。浓浓的绿色，投影在人的身上、衣服上，显出深暗色，像是人被淋湿了一样，但实际并没有下雨。一个"湿"字，浑身黏糊糊湿漉漉的、空气中雾蒙蒙的感觉也出来了，其实，是树木太浓密了，树叶太青绿啦。听，还有声音呢！溪水流水叮咚，撞击着白石，奏出清脆的乐曲。

　　读完这些诗，是不是对王维"诗中有画"的美妙之处有所领会了呢？总体来说，王维受到儒家、佛家和禅学的三重影响，其中，又以禅宗影响最大，禅宗使诗里的境界含蓄、空灵或淡雅，加上他很懂艺术，比如音乐、绘画、书法，这些东西对他的诗歌很有帮助。艺术能够让他的诗特别富有表现力，有音律美、画面感，还有色彩美，同时增强空间感。艺术家对美是有特别的敏锐力的，写诗能在细微处取胜，能在整体上给诗歌一个完整妥当的意境。说了这么多，你是不是爱上王维这位大艺术家了呢？

第八章

山水诗和田园诗有何不同？

（一）

东晋末年，有一个人叫作陶渊明，由于父亲早逝，家境逐渐衰微。他是位读书人，好喝酒吟诗，但讨厌做官。在古代，学而优则仕，学得好就可以去当官，所以读书人的愿望都是希望自己有一天能够进入官场，成为一个"劳心者"，而不是一个"劳力者"。"劳心者"是靠自己的知识、智慧谋生的人，这样的人通常是一个管理者，"劳力者"就是靠自己的体力劳动谋生的人，通常是被管理的人。这个陶渊明偏偏不喜欢做官，因为他生活在统治阶级内部互相倾轧、争权夺利十分激烈的时代，但为了生存，家人朋友就劝他去当个小官试试。陶渊明最初做过州里的小官，但由于看不惯官场上的那一套恶劣作风，不久便辞职回家了。后来，为了生活他还陆续做过一些地位不高的官职，过着时隐时仕的生活。终在四十一岁那年辞官归隐，后世流传的陶渊明"不为五斗米折腰"的故事就是发生在这个时候，从此之后他一直过着自给自足的田园生活，生活清苦，但自得其乐。

陶渊明的性格率真自然，不喜欢被人约束，田园生活很合他的口味，过得悠游自在。在乡居生活中，他每天所见的是田园山川，每天接触的人是村夫野老，每天做的事是耕耘播种，他又爱好写诗，所以他的诗大部分歌咏这些日常的题材，创作了大量描写农村景物以及安逸恬淡的隐居生活的诗句。在他的笔下，这些田园风光展现了纯美的境界，如"采菊东篱下，悠然见南山"，或者"梅柳夹门植，一条有佳花"。通过努力，陶渊明成了中国田园诗的开拓者，也成了我国古代第一位田园诗人。

另外一位比陶渊明晚二十年出生的人叫谢灵运，他是东晋名将之后，聪明好学，读过很多书，为人清狂，恃才傲物。他最崇拜的人是曹植，也就是曹操的三儿子。谢灵运曾经说："天下才共一石，曹子建（即曹植）独得八斗，我得一斗，自古及今共分一斗。"石是一种容量单位，一石等于十斗，如果全天下的才一共是一石的话，他认为曹植的才气能分得八斗，他自己也不错，能占　斗，从古至今的人只有占剩下的那区区一斗。可见谢灵运很自信也很自负。由于家世的关系，他年纪轻轻就袭封康乐公，称谢康公、谢康乐，他身为公侯，却并无实权，被派往永嘉任太守。自负才华的谢灵运自叹怀才不遇，就寄情于山水之中，到处寻访名山秀水。他登山时常穿一双木制的钉鞋，上山时他取掉前掌的钉齿，下山就取掉后掌的钉齿。这样，上山下山就格外省力，而且稳当，这就是著名的"谢公屐"，相当于在玩的过程中这位谢公子发明了一项专利。

爱游山玩水的谢灵运，每到一个地方游览过后，喜欢用笔记录下奇观异景，用精致工整的语言刻画山水的秀美。慢慢地，描写山水就成了一种独立的诗歌题材。在谢灵运之前，山水草木一直是诗歌的一种点缀，山水只作为背景出现。谢灵运开始以山水为主要描写对象，写出如"昏旦变气候，山水含清辉"，或者"海鸥戏春岸，天鸡弄和风"等新诗，创造出真正的山水诗。因此，谢灵运成了我国古代第一位全力刻画山水之美的人，成为我国山水诗的鼻祖。

到了唐代开元年间，社会安定，经济富庶，每个人都有出仕的愿望。但这时隐居生活倒成了时尚，为什么呢？一方面，是佛教和道教的影响，道教在唐代是很受推崇的，它追求返璞归真，而佛教，同样崇尚净心明性。因此，隐居的人往往由于隐居的行为，被看作世外高人，有绝妙之才，这更容易引起别人的瞩目而获得名声，有利于进入官场。另一方面，一些诗人在政治上曾有过建功立业的抱负，但最终因仕途受挫或不满现实，而半官半隐，漫游山水，甚至辞官归里，躬耕田园。由于他们大都拥有田庄，具备漫游隐居的经济基础，为文人的漫游、隐居，领略大自然的美提供了便利的条件，大量以山水和田园为题材的诗作得以产生，形成了一个著名的诗歌流派，叫作山水田园诗派。一些诗人，如王维、孟浩然、储光羲、祖咏、裴迪等，写了很多有关山水风光和田园生活的诗作，被称为山水田园诗人，其中，以王维和孟浩然最为有名。在王孟的诗歌中田园和山水开始合流。

（二）

在后世，大家说到盛唐诗坛上的山水田园诗派，往往会认为他们是一个类型，一种题材，一样的风格。虽然对农家的活动的描写就是在山水的背景下展开的，在山水隐逸的题材中可以插入一些农人活动的影子，但是仔细看，他们是不一样的，田园诗的侧重点不在于描写山水景物多么美丽，而在于写这个环境中间的人情多么可亲，那里的生活多么悠闲、安宁。田园是古代诗人的精神寄托。山水诗通过描写山水风光的壮美或者秀丽，来彰显自己的性情，寄托自己的志向。当然，一个诗人可能既写山水诗又写田园诗。

孟浩然是盛唐山水田园诗派的代表诗人。他风神散朗，独爱自然，在仕途困顿、痛苦失望之后，尚能自重，不媚俗世，以隐士终身。李白都对他赞不绝口，说"吾爱孟夫子，风流天下闻"。因他未曾入仕，又称之为孟山人。

在盛唐诗坛上，孟浩然的山水诗可谓一绝。他的山水诗代表作《临洞庭湖赠张丞相》，描写秋湖景色，全诗却写得境界宏阔，气势壮大，尤其是"气蒸云梦泽，波撼岳阳城"一联，更是非同凡响，发盛唐气象的先声。此外，他的山水诗往往有一种"语淡而味终不薄"的意境，其著名的两句诗"微云淡河汉，疏雨滴梧桐"出自他四十六岁游京师的时候。一个秋日午后，众多才子士人聚集在长安某一个地方一起写诗作赋，孟浩然这两句诗一作出来就语惊四座，使得当时所有诗人都拍手称绝，纷纷搁笔不敢再写。

细细品读"微云淡河汉，疏雨滴梧桐"这两句诗，确实绝妙。河汉是天上的银河，"淡"是视觉形象，两三抹微云飘在银河间，夜空显得暗淡。"滴"是听觉体验，梧桐叶上的雨水一滴一滴稀疏地向下落，也可以理解为稀疏的雨滴落在梧桐叶上，均极有味道。我们只要闭上眼睛，这个极富动感的优美画面，便会立时清晰地浮现出来，好像都能看见薄薄的云层飘在夜空，听见滴滴滴的水声在梧桐叶上响起，秋意浓厚，带着一点点忧愁。而写出这样清淡诗句的孟浩然，他的形象好像也慢慢浮现。

王维的山水诗和田园诗，相比孟浩然有更多的禅味。他以画家的眼光来看田园，将绘画的技法运用到山水田园诗的创作中，写出"漠漠水田飞白鹭，阴阴夏木啭黄鹂""明月松间照，清泉石上流""寒山转苍翠，秋水日潺湲""偶然值林叟，谈笑无还期""田夫荷锄至，相见语依依"等句子。细致的景物刻画和温馨的田家生活结合在一起，使我们在感受田园的安宁和快乐的同时，体验审美的愉悦。也在不动声色的山水描摹当中，身心宁静，回归本真，体验大自然的钟灵毓秀。我们来欣赏他一首完整的山水诗：

鸟 鸣 涧

人闲桂花落，夜静春山空。

月出惊山鸟，时鸣春涧中。

这首诗是王维在友人皇甫岳所居的云溪别墅所写。花开花落是大自然的正常现象，但我们忙于人世间的各种事情，有时会错过了花开，有时会看不见花落。桂花有春花、秋花、四季花等不同种类，花瓣细小，我们总是被桂花浓郁的香味吸引，而忽略了观察小小桂花的外形。桂花落是什么状态？那娇弱的小花瓣即将脱离花蒂，摇摇欲坠，微风一吹，飘零而下，与泥土亲密为伴。这桂花落地的景观只有悠闲且心静的人才能发现，因此"人闲桂花落"一句使全诗笼罩在静谧安详的氛围中，使读诗的人也不由自主安静下来。

"夜静春山空"，这一句怎么理解呢？我们在春天爬山时，会看见很多树木，还能看到站在树干上休息的鸟儿，或者扑腾翅膀不停叽叽喳喳的鸟儿，也许还能看见活泼可爱的小猴子和小松鼠。山里有水的话，流水潺潺，泉水叮咚，伴随游人行走说话的声音，好热闹，我们会觉得这座山好大，大到草木鱼虫、奇松怪石、爬虫走兽应有尽有。可是，一到晚上，小动物回到了自己的窝，游客也回家了，万籁俱寂，这时山里好像空了一样，像一座空山，所以说"夜静春山空"。这一句和"人闲桂花落"都体现了一种静，首句是人心静，第二句是环境静。

这时一轮明月从树后悄悄地露出明亮的脸庞，只见那鸟儿，本是站在树枝上打盹的，被这亮光一照，惊得扑腾翅膀，尖叫连连，飞走了。"月出惊山鸟，时鸣春涧中"这两句将静写到了极致，柔和的月光都能惊到鸟儿，那说明月亮出现之前，山里面可能除了流水一点儿声音都没有。最后这两句虽然写的是动景，但实际上是进一步衬托出了"静"。有月光，这是视觉。有鸟叫，这是听觉。首句有桂花落，就必然伴随着桂花的香味，这是嗅觉。短短二十个字，嗅觉、视觉、听觉，共同构成了"静"的感觉，让人沉浸在这诗的世界里，在山的梦里，不能苏醒。这就是王维的山水诗，充满了禅意，让人心向往之。此外还有《辛夷坞》《山居秋暝》《鹿柴》《山中》等作品，同样是山水佳作。

有些诗人虽然没有以山水田园诗人著称，但他们笔下的山水诗毫不逊色，如杜甫意境雄奇阔大的《登岳阳楼》、李白气势恢宏的《望庐山瀑布》：

望庐山瀑布

日照香炉生紫烟，遥看瀑布挂前川。
飞流直下三千尺，疑是银河落九天。

李白的足迹踏遍大半个唐朝，加上他生性浪漫，山水在他的眼里也恣意飞洒，庐山的瀑布在他的笔下变得极其壮观，水流是从高处飞下来的，多高呢？李白说像有三千尺那么高！让人恍惚以为银河从天上泻落到人间。

（三）

山水诗的美我们领略了一部分，接下来感受一下田园生活不同的气息。

孟浩然的田园诗数量不多，但生活气息浓厚，农家生活的简朴，故人情谊的深厚，乡村气氛的和谐，都给人留下难以忘怀的印象。如《过故人庄》，记叙了孟浩然路过朋友住的地方，被邀请去做客的一件事。字里行间有陶渊明诗作的味道，用词朴实，明白如话。

过故人庄

故人具鸡黍，邀我至田家。

绿树村边合，青山郭外斜。

开轩面场圃，把酒话桑麻。

待到重阳日，还来就菊花。

老朋友家在乡村，特意杀了鸡，备了好酒好菜，邀请孟浩然到他家一聚。孟浩然也就很高兴地前往朋友住处，一路上山清水秀，炊烟袅袅。到了老朋友家里，两个人临窗对坐，谈笑风生，捧起酒杯，说些农家栽种播收的家常闲话，十分惬意。窗外就是朋友家的晒谷场，阳光温暖，这样的生活让人舒服极了。但天下没有不散的筵席，两人相谈甚欢后，孟浩然酒足饭饱，该起身告辞了。朋友送到村口，孟浩然意犹未尽，一边挥手一边对友人说："等到九月九日重阳日，我还会来看菊花的。"

这是多么动人的场景，一切都那么自然，没有客套，没有算计，人与人之间很真诚。孟浩然将这次美好的做客之行用诗歌的方式记录下来了。农家生活比不上大都市的繁华喧闹，但自有一派清净安宁，民风淳朴，没有人与人之间的尔虞我诈。

唐朝比较著名的山水田园诗人还有一位叫作储光羲的。他的诗里充满了欢乐，因为他对自然的爱是发自内心的，是真心实意的 。在他的全部诗歌中，田园诗所占数量最多，成就也最大。他的《钓鱼湾》最为脍炙人口，诗云：

> 垂钓绿湾春，春深杏花乱。
> 潭清疑水浅，荷动知鱼散。
> 日暮待情人，维舟绿杨岸。

这是一首描写一位青年小伙子假借"垂钓"而等待与情人约会的小诗。诗人以清丽灵动、淡雅秀美的笔触，为我们描写了绿杨、清水、红杏、碧荷、小舟、钓者，画面清新，情趣盎然，是一幅不可多得的充满活力的"绿湾垂钓图"，堪称储诗"清而适"的代表作。

这些代表诗人们对田园的歌唱，除了对优美的山野风光的欣赏之外，还包括了对温馨平和的人际关系、单纯快乐的劳动生活，甚至传统的道德观和价值观的留恋和回归。这样的田园是诗人理想中的田园，是他们最后的避风港，是他们对抗污浊的社会的最后一片阵地。而只有盛唐升平盛世下的田园，才更接近于那个能够让诗人们"怅然吟式微"的理想田园。中唐以后，当唐帝国盛世不再，田园失去了以前的温馨祥和，变得一片萧条荒凉，诗人们也开始转而描写农村的凋敝，农家的贫苦，如韦应物的《观田家》和杜荀鹤的《山中寡妇》。

山 中 寡 妇

夫因兵死守蓬茅，麻苎衣衫鬓发焦。

桑柘废来犹纳税，田园荒后尚征苗。

时挑野菜和根煮，旋斫生柴带叶烧。

任是深山更深处，也应无计避征徭。

蓬茅是茅草盖的房子。丈夫因战乱死去，留下孤苦无依的妻子困守在茅草屋里，穿着粗糙的苎麻衣服，鬓发枯黄面容憔悴。桑树柘树都荒废了，再也不能养蚕，却要向官府交纳丝税；田园荒芜了，却还要被征收青苗捐。寡妇吃什么过活呢？生活困难，她只好不时地挖来野菜充饥，野菜也不够吃，还要连菜根一起煮着吃；不时地砍柴，柴火不够烧，还要带着树叶一起烧掉。

诗的最后两句是总结：无处可躲的赋税和徭役不放过任何一个人，任凭你跑到比深山更深的地方也无济于事。这首诗表达了诗人对老百姓无限同情的情感和对统治者的深刻批判。

随着大唐帝国的衰落，王维、孟浩然的清雅，李白的豪放，杜甫的宏阔都不复再现，山水诗变得气韵萧瑟，田园诗变得触目惊心。与王维和孟浩然并称的韦应物、柳宗元的诗中，多了几分落寞凄苦，而之后刘禹锡的明朗雄放也只是中晚唐的别调了。

边塞诗人是不是到处旅游？

白日登山望烽火
黄昏饮马傍交河
行人刁斗风沙暗
公主琵琶幽怨多
野云万里无城郭
雨雪纷纷连大漠
胡雁哀鸣夜夜飞
胡儿眼泪双双落
闻道玉门犹被遮
应将性命逐轻车
年年战骨埋荒外
空见蒲桃入汉家

中国自古国土辽阔，是一个多民族的国家。虽然如今我们是五十六个民族和谐共处，但在古代，以农业文明为主的汉族和以游牧文明为主的少数民族之间，在边疆地区曾发生过很多恩恩怨怨。战争的起因很复杂，但是最主要的原因是游牧民族经常要来抢夺农业民族的劳动果实，从而引发战争。唐王朝从贞观到开元的一百多年中，虽然经济繁荣，国力强盛，但和突厥、吐谷浑、高丽、南诏、吐蕃的战事依旧频发，强大的边防让唐朝取得一系列边防战争的胜利，人民的民族自信心大大提升。

唐朝国力强盛，加上朝廷对军功的重视和入幕制度的激励，鼓励了一大批文人投笔从戎，前往边疆，奔赴沙场，建功马上。这使得文人士大夫能够亲历边塞，接触边塞生活，创作了不少边塞诗。于是，出现了一批擅长描写边塞征战生活的诗人，被后人称为"边塞诗人"。他们反映边塞征战生活的诗作蔚为大观，后人称之为"边塞诗派"。

边塞诗源远流长，从《诗经》到汉乐府，直至隋与初唐的诗，都有成功的边塞之作。初唐的诗人陈子昂两度从军，他的感遇诗，开了边塞诗先河。盛唐时候的边塞诗内容更丰富，体裁更多样，仅究其数量就有近两千首，达到了各朝代边塞诗数量的总和，对唐诗的繁荣起了巨大的推动作用。边塞诗总的基调是昂扬、刚健、壮大的，写出了一种大唐特有的泱泱大气。

有人可能会问，边塞诗人是不是到处旅游呢？首先，边地的环境寒苦，是战争重地，去那里的诗人有公职在身，不是单纯的游玩。其次，并不是所有的边塞诗人都真正去过边塞。唐代的边塞诗人大约有三种情况，第一种是有过从戎边地的经历的人，如陈子昂、高适、岑参等。第二种是因为流贬而也有过从军经历的人，以骆宾王、王昌龄为代表。第三种是并没有到过边塞，而渴望边塞生活的人。他们的边塞图景是想象中的边塞，譬如李白、杜甫。王维属于第一、三两种情况。所以，大部分边塞诗人确实会长途跋涉，奔赴边地，但心情可不像旅游那么轻松。

（一）

在这些著名诗人中，岑参是边塞生活经验最丰富的一位诗人。他真正深入西部腹地，万里行军，经历了生与死、血与火的磨难。多年的边塞生活，使他对边地生活了若指掌，也看到了许多中土大唐人闻所未闻、见所未见的奇妙景观，像火山、热海、雪原、洪荒、草莽、冰川等，还有各种叫不出名字的奇花异草。他写火山，说那座火山周围一千里范围内，就没有飞鸟敢靠近了，一飞过去，就会被烤焦。他写热海，说西域有一个湖，湖水是沸腾的，

诗坛高手为何多出唐代

飞鸟都不敢飞近，一飞近就要掉下去，可能一掉下水就被煮熟。可是就在那个热海里，居然还有鲤鱼在游，多么奇特的异域风光啊！这些景色在平常的山水诗里是看不到的，只在边塞诗里才有，只有当岑参这样的诗人亲临其境，用诗人的眼睛和才华，才能发现和写出来。

岑参两次出塞，如今留下来的边塞诗有七十多首。他的诗不仅描绘了奇怪又美丽的西域山川，更写出了环境恶劣至极但将士们同仇敌忾的军旅生活。他的两首著名的诗《白雪歌送武判官归京》和《走马川行奉送封大夫出师西征》，能让我们充分了解岑参的诗才和边塞生活的艰险。

白雪歌送武判官归京

北风卷地白草折，胡天八月即飞雪。

忽如一夜春风来，千树万树梨花开。

散入珠帘湿罗幕，狐裘不暖锦衾薄。

将军角弓不得控，都护铁衣冷难著。

瀚海阑干百丈冰，愁云惨淡万里凝。

中军置酒饮归客，胡琴琵琶与羌笛。

纷纷暮雪下辕门，风掣红旗冻不翻。

轮台东门送君去，去时雪满天山路。

山回路转不见君，雪上空留马行处。

这是一首送别诗，当时岑参任安西北庭节度使封常清的判官，武判官是上一任判官，诗人在轮台送他归京，也就是回都城长安，因而写下了这首诗。

塞外严寒，北风呼啸，农历八月份那里就开始下大雪了。雪花飞舞，一夜之间，屋外一片洁白。岑参正是在这样的天气下送别武判官。南方生长的岑参，见过梨花盛开的美景，想到梨花开满枝头、花团锦簇的场景，不正和眼前银装素裹、万树白头的样子很像吗！于是写出了"忽如一夜春风来，千树万树梨花开"这样品评咏雪的千古名句。诗人将春景比冬景，尤其将南方春景比北国冬景，几乎使人忘记奇寒而感到喜悦与温暖。这两句想象大胆浪漫，诗意壮美奇绝，真可以称得上是"妙手回春"！"忽如"二字也写得绝妙，不仅写出了"胡天"变幻无常，大雪来得急骤，而且，传达出诗人惊喜好奇的神情，充分表现了作者乐观清朗的性格情怀。

雪景虽美，但也带来了寒冷。湿了罗幕，凉了衣裳，冰了弓箭，冻了铁衣。外面再冷，也得出发上路了。"纷纷暮雪下辕门，风掣红旗冻不翻"。时间已是黄昏，风猛雪狂，行军的红旗被冻住了，风虽然很大，却吹不动那冻住的红旗了，真是奇异景象。浑然全白的世界，点缀了一点红旗，红白相映成趣，这个画面更加生动，这是诗中又一处奇笔。最后四句"轮台东门送君去，去时雪满天山路。山回路转不见君，雪上空留马行处"。写武判官渐行渐远，在山路上转了一个弯，就看不见了，雪地里只留下暗淡的马蹄印迹，隐隐约约。归去的人长路漫漫，那留在这里的人又会发生什么故事呢？诗句结束，诗意还在延伸。

相比于《白雪歌送武判官归京》浪漫婉丽、小清新的特点，《走马川行奉送封大夫出师西征》是雄浑壮美、大场面的制作，尽显风沙的猛烈、人物的豪迈。

走马川行奉送封大夫出师西征

君不见，走马川行雪海边，平沙莽莽黄入天。

轮台九月风夜吼，一川碎石大如斗，随风满地石乱走。

匈奴草黄马正肥，金山西见烟尘飞，汉家大将西出师。

将军金甲夜不脱，半夜军行戈相拨，风头如刀面如割。

马毛带雪汗气蒸，五花连钱旋作冰，幕中草檄砚水凝。

虏骑闻之应胆慑，料知短兵不敢接，车师西门伫献捷。

"走马川行"就是写一首关于走马川的歌行。这是诗人在任安西北庭节度判官时，他的上级副都护使封常清封大夫要出兵西征，他便写了这首诗为封送行。全诗一共十八句，分成六小节，每小节三句诗，这三句诗内都押一个韵，这样整首诗就换了六个韵。由于每一句都是押韵的，所以我们读起来，觉得节奏特别急促，特别紧凑。战争生活本来就是快节奏的，经常发生迅速的、强烈的变化，所以这样写更能体现战争紧张的氛围。

　　为了表现边防将士高昂的爱国精神，诗人用了反衬手法，极力渲染夸张环境的恶劣，来突出人物不畏艰险的精神。把出师西征的军事活动放置于飞沙走石、厉风寒雪的恶劣的环境中表现。风狂到什么程度？"如斗"巨石被吹得满地乱滚。天寒到什么程度？行军中人与马所蒸出来的汗气"旋作冰"，帐篷里砚台上的水都冻起来了，作者三言两语就把环境的险恶生动地勾勒出来了。

　　在这样的环境中，将士们能够克服严寒，金甲不脱，半夜行军，纵是疾风像刀子一样割着脸庞，也照行不误。这样的队伍，肯定是一支不可战胜的铁军，所以诗人在最后三句，信心十足地断定虏骑一定会闻风丧胆，不敢短兵相接，胜利指日可待。由于诗人有边疆生活的亲身体验，这首诗虽然奇句豪气，但真实动人。

　　杜甫曾说岑参"好奇"。这既是岑参本人对于新鲜事物感兴趣的"好奇"，也是指他边塞诗中想象奇、景物奇、构思奇、语奇、意奇、调奇的"好奇"。

　　和岑参齐名的著名的边塞诗人高适，他的边塞诗成就同样很高。高适，曾在河西节度使哥舒翰幕中任掌书记，接触到大漠风光和戍边士卒的艰苦生活，这段经历为其边塞诗作奠定了生活基础。在边塞诗中，高适常常以政治家、军事家的眼光，用政论的笔调来议论边策，抒发自己的理想。他歌颂守边卫国的正义战争，也谴责不义战争带给人民的苦难；他歌颂将士们奋勇杀敌的爱国精神，也同情他们久戍思归的哀怨；他歌颂主帅在战场上的威武和忠义，也反映军中苦乐不均的现象。在反映现实的深度上，高适超过了同时期的许多诗人，这些特点，在他千古传颂的《燕歌行》中得到完整的表现：

　　汉家烟尘在东北，汉将辞家破残贼。男儿本自重横行，天子非常赐颜色。摐金伐鼓下榆关，旌旆逶迤碣石间。校尉羽书飞瀚海，单于猎火照狼山。

　　山川萧条极边土，胡骑凭陵杂风雨。战士军前半死生，美人帐下犹歌舞。大漠穷秋塞草腓，孤城落日斗兵稀。身当恩遇恒轻敌，力尽关山未解围。

　　铁衣远戍辛勤久，玉箸应啼别离后。少妇城南欲断肠，征人蓟北空回首。边庭飘飘那可度，绝域苍茫更何有。杀气三时作阵云，寒声一夜传刁斗。

相看白刃血纷纷，死节从来岂顾勋。君不见沙场征战苦，至今犹忆李将军。

全诗二十八句，以非常浓缩的笔墨，写了战役的全过程：第一段八句写出师，第二段八句写战败，第三段八句写被围，第四段四句写死斗的结局。这首诗的容量极大，它几乎触及边塞战争的所有方面，诗人的态度有歌颂，有揭露，有愤慨，有同情。深刻地揭示了当时边塞战争中的许多复杂现象，但主要是揭露主将骄逸轻敌，不体恤士卒，致使战事失利的情况。

这首诗写得最好的部分是军中将士的内心感受。既写到了他们斗志昂扬，奋勇报国，又写到了军中苦乐不均引起的愤懑。"战士军前半死生，美人帐下犹歌舞"成了《燕歌行》中的名句。普通的士兵在战场上与敌人厮杀，筋疲力尽，死伤已过半。后方的帐篷里，那些高级将领还在那里欣赏美女的歌舞。将领没有重视士兵的努力与鲜血，有的只是享乐和奢靡。赤裸裸的对比可以说写得十分成功。

末段四句，前两句"相看白刃血纷纷，死节从来岂顾勋"，写战士在生还无望的处境下，已决心以身殉国。"岂顾勋"三字，仍是对将帅的讽刺。后两句"君不见沙

诗坛高手为何多出唐代

场征战苦，至今犹忆李将军"，是诗人在感慨，对战士的悲惨命运深寄同情，以"至今犹忆李将军"作结，是借古人讽刺今人。

李将军是什么人？为什么人们"至今犹忆李将军"？原来他就是汉代被称为飞将军的李广。李广英勇善战，经常打败匈奴，所以李广威名远扬，匈奴闻风丧胆，一连几年都不敢靠近李广镇守的地区。这位李将军不仅仅在《燕歌行》中露面，也在王昌龄的诗《出塞》中出现，王昌龄是仅次于岑参、高适的边塞诗人。

王昌龄善于写七言绝句，七言绝句作为诗歌的一种体裁，来自民歌，六朝时已有作品，唐初成就不高，到盛唐，才真正发展起来，几乎所有的诗人都有创作，佳作迭出。王昌龄则是这时用力最勤、成就最卓著者，除了李白，简直没人可以匹敌，被称为"七绝圣手"。而这首《出塞》，被称为唐人七绝的压卷之作。

秦时明月汉时关，万里长征人未还，
但使龙城飞将在，不教胡马度阴山。

这首诗大意是说数百年来，边防问题依旧存在，人们征战辛苦，所以十分期待能有一位像李广那样的好将领守卫边界，让敌人不敢再来侵犯。这个主题是很平凡的，很多人都写过。为什么这样平凡的思想竟能写成一首压卷的绝作呢？原来，这首诗里，有两句最美最耐人寻味的诗句，即开头两句："秦时明月汉时关，万里长征人未还。"这两句诗有什么妙处呢？就是在"明月"和"关"两个词之前分别增加了"秦""汉"两个代表时间性的词。这样从千年以前、万里之外下笔，自然形成了一种雄浑苍茫的独特的意境，使读者把眼前明月下的边关同秦代筑关防备胡人和汉代在关内外与胡人发生一系列战争的悠久历史自然联系起来。

月亮是秦汉时的月亮，关塞也是秦汉时的关塞，也就是说我们的边塞战争已经有很久的时间了，从秦朝、汉朝就开始了。这样一来，"万里长征人未还"，就不只是当代的人们，而且是自秦汉以来世世代代的人们共同的悲剧；战士出征，从家乡到边塞，远达万里，走过了非常远的空间，还没有回来。是战争没有结束还是已经死于异乡了呢？十分悲戚。第一句写了一个非常悠久的时间，第二句写了一个非常辽阔的空间，配合着悲戚的情绪，这首诗就有一种苍茫之感，读起来非常雄浑，非常苍凉。

三、四句，自然过渡到人们的希望。他们希望有一位像汉朝的飞将军李广那样的优秀将领，一旦有了李广，匈奴的战马就不敢度过阴山了。阴山是农业地区和游牧地区的分界线。阴山以北以游牧为主，以南就是农业区域了。

诗坛高手为何多出唐代

希望边境有"不教胡马度阴山"的"龙城飞将"这样的愿望，也不只是汉代的人们，而且是世世代代人们共同的愿望。平凡的悲剧，平凡的希望，都随着首句"秦""汉"这两个时间限定词的出现而显示出很不平凡的意义，统摄全篇，也伴随着第二句抒发浓烈的感情。最后一句出人意表，体现了盛唐风骨。

（二）

以上三位诗人虽然对战争中的一些不合理现象进行了批判，但对战士奋勇杀敌、以身殉国的行为是鼓励的，对唐王朝取得的胜利是欢欣鼓舞的，是歌颂的。另外一位和王昌龄齐名的边塞诗人李颀，和他们不一样，他看清了战争的本质，认为不管哪一方战胜，实际上都是两败俱伤，苦的还是老百姓，因此，他的诗具有反战思想。《古从军行》就是一首借古讽今的佳作。

> 白日登山望烽火，黄昏饮马傍交河。
> 行人刁斗风沙暗，公主琵琶幽怨多。
> 野云万里无城郭，雨雪纷纷连大漠。
> 胡雁哀鸣夜夜飞，胡儿眼泪双双落。
> 闻道玉门犹被遮，应将性命逐轻车。

年年战骨埋荒外，空见蒲桃入汉家。

"从军行"是乐府古题。此诗是想借古人的事情说当代的事情，又怕触犯忌讳，所以题目加上一个"古"字。

诗的前四句写士兵们的戍边生活，白天需要爬上山，去观察周围有没有烧起敌军来犯的烽火狼烟的警报。黄昏时候就要到交河边上让马饮水。"白日""黄昏"的情况是这样，那么晚上呢？"刁斗"，是古代军队中的铜制炊具，容量一斗。白天用来煮饭，晚上用来打更。"公主琵琶"是指汉朝公主远嫁乌孙国时所弹的琵琶曲调，是哀怨之调。"行人刁斗风沙暗，公主琵琶幽怨多"，三、四句描绘了晚上风沙弥漫，一片漆黑，只听得见军营中巡夜的打更声和那如泣如诉的幽怨的琵琶声。景象是多么肃穆而凄凉！

接着，"野云万里无城郭，雨雪纷纷连大漠。胡雁哀鸣夜夜飞，胡儿眼泪双双落"中间四句，诗人又着意渲染边陲的环境。军营所在，人烟荒芜。雨雪纷纷，以至与大漠相连，其凄冷酷寒的情状可以想象得到了，写尽了从军生活的艰苦。因为战争，民不聊生，李颀用胡雁哀鸣、胡儿落泪来表现战争带给人们的痛苦，关切少数民族的命运。诗人对被征伐的"胡儿"寄寓了深切的同情，这在唐诗中不可多得，可以说是把边塞诗的境界提升到一个新的高度。而夜夜飞、双双落这样的叠音词的运用，更加深化了连绵不断的哀鸣，不断下落的泪珠的悲苦之情。

既然大家都不愿意打仗，为什么战争还在继续？后四句层层推进，揭示了统治者的罪恶。

根据《史记·大宛传》记载，汉武帝太初元年（公元前104年），汉军攻大宛，攻战不利，请求罢兵。汉武帝闻之大怒，派人遮断玉门关，下令："军有敢入者辄斩之。"这里暗刺当朝皇帝一意孤行，穷兵黩武。"应将性命逐轻车"，只有跟着本部的将领"轻车将军"去与敌军拼命，才是皇上希望的，拼命死战的结果如何呢？无外乎"战骨埋荒外"。诗人用"年年"两字，指出了这种情况的经常性。全诗一步紧跟一步，由军中平时生活，到战时紧急情况，最后说到死，为的是什么？这十一句的压力，逼出了最后一句的答案："空见蒲桃入汉家。"

"蒲桃"就是现在的葡萄。汉武帝时为了求天马，即今天的阿拉伯马，开通西域，便乱启战端。当时随天马入中国的还有"蒲桃"和"苜宿"的种子，汉武帝把它们种在离宫别馆之旁，举目四望满眼皆是。这里"空见蒲桃入汉家"一句，用此典故，讥讽好大喜功的帝王，牺牲了无数人的性命，换到的是什么呢？只有区区的蒲桃而已。言外之意，可见帝王是怎样的草菅人命了。此诗借汉皇开拓边疆，讽刺唐玄宗用兵，获得了强烈的艺术感染力。

随着大唐帝国由盛转衰，边塞诗也发生了较大的变化。中唐以后，尤其是晚唐，唐帝国的国力大大下降，唐帝国的军队也不再那么强大了，在边塞战争中常常打败仗，不断丢失疆土。游牧民族的铁蹄甚至侵入到内地来了，人民苦不堪言。边塞诗的主题也极大转变，经历了从初唐、盛唐的颂战，到中唐的怨战、厌战而至晚唐的休战、反战的全过程，其格调也由盛唐的明朗壮大、中唐的哀婉幽怨而变为晚唐的凄厉和沉痛。晚唐陈陶写的《陇西行》中一句"可怜无定河边骨，犹是深闺梦里人"，胜过千言万语，尽显战争的残酷。

第十章

李白会武功？还是混血诗人？

爱好：喝酒

特长：诗赋、书法、剑术、道经、帅

主要作品：《静夜思》《蜀道难》《将进酒》《梦游天姥吟留别》等

主要成就：创造了古代浪漫主义文学高峰，歌行体和七绝达到后人难及的高度。

姓名：李白
性别：男　民族：汉
字号：太白、青莲居士、谪仙人
别称：李十二、李翰林、李供奉、李拾遗、诗仙

一个风和日丽的日子，唐玄宗李隆基想起沉香亭前的牡丹花该开了，一定姹紫嫣红，煞是好看，再看看这天，正是赏花的好天气啊。他按捺不住赏花的急切心情，立马骑上自己的大白马，带上最宠爱的妃子杨玉环，前往牡丹园一睹花容。有花，有美人，玄宗还是觉得不完美，叫来善于唱歌的李龟年，再从宫中艺人中挑出最会弹曲的乐师，准备来一个小型音乐会。正待李龟年润完嗓子开唱的时候，唐玄宗又说："贵妃是识文懂乐的佳人，在这观赏名花的良辰，怎么还用老的歌词呢？去，让李白作三首《清平调》词。"

　　李龟年找到李白时，李白由于前一晚喝酒喝得有点多还没醒，被叫起床后，李白很高兴地接旨了，虽然还有点晕晕乎乎，但拿过那绘满金花的纸就写起诗来，文不加点，三首诗一气呵成：

云想衣裳花想容，春风拂槛露华浓。
若非群玉山头见，会向瑶台月下逢。

一枝红艳露凝香，云雨巫山枉断肠。
借问汉宫谁得似，可怜飞燕倚新妆。

名花倾国两相欢，长得君王带笑看。

诗坛高手为何多出唐代

解释春风无限恨，沉香亭北倚阑干。

李龟年像捧着宝贝一样捧着这三首诗献给了唐玄宗。唐玄宗一看，大喜，马上命乐师们准备管弦，让李龟年开唱。一高兴，玄宗自己也吹起了玉笛一起合奏。那杨贵妃喝着葡萄酒，面带笑容地欣赏着歌词，心里想着："这李白果然有才，将我比作娇艳的牡丹，又像仙女下凡，无人能比，还点出了皇上对我的宠爱，用词却清丽不凡，实在不枉虚名。"她品着美酒，陶醉在这佳词妙曲里。

（一）

这位在宫廷里正当红的李白何许人也？

李白，字太白，唐代著名的浪漫主义诗人，人称诗仙。这是教科书向我们介绍的李白，于是我们知道李白是个著名的诗人，好像他的职业就是诗人，但实际上，他写诗就像他喝酒一样，只是他的爱好。真实的李白，远比介绍的精彩，他是一个充满个人魅力的人，在盛唐那个气象辽阔的时期，他的足迹踏遍祖国的山川水泽，一生都在追逐他的梦想。他的诗写得好，正是与他独特的个人气质和丰富的生命体验有着密切的关系。

李白出生于西域的碎叶城（今吉尔吉斯斯坦北部托

克马克附近）。碎叶是当时中国的边疆城镇，唐玄奘在
《大唐西域记》称碎叶城为素叶水城，是个多民族杂居的
地方，在今天属于吉尔吉斯斯坦共和国北部。李白为什么
出生在那里？有说法称他先辈犯罪了，宗族中幸存的一些
人便逃往到那里，他母亲在那里和一个外国人——中亚细
亚的人结婚了，生下了李白，也就是说，李白很有可能是
个混血儿。联系之后李白不同于一般汉人的行事风格，还
有他的超级粉丝魏万对他外貌的描述"眸子迥然，哆如饿
虎"来看，确实不像纯粹的汉人，他身上很有可能流淌着
外族的血液。

李白虽然出生在西域，但他的童年和少年是在四川
度过的。李白在西域长大到五岁，就随着父亲搬到了四
川绵州定居。他父亲名李客，大概是因为从外地来的，
因此本地人才称他为李客，应不是本名。从五岁到十五
岁，这大好的年华，李白在家读书学剑，教他的大概是他
父亲。"五岁颂六甲，十岁观百家"，六甲是计算年月日
的六十甲子，百家是诸子百家的各类杂书。"十五好剑
术""十五观奇书，作赋凌相如"，李白到十五岁，就开
始学剑术和学写文章了。李白的剑术相当不错，行走江湖
用剑自保绰绰有余，有时还行侠仗义，出手救人。他生平
常常把剑带在身边，有时候喝酒喝到醋畅淋漓时，就抚摸
着宝剑，大声吟诗或者起舞，抒发一腔凌云壮志。

这样的家庭教育与传统儒家是完全不同的，对李白日后的人生有着深远的影响。给李白这样教育的父亲李客是什么人呢？很有可能是商人！李白轻财好施，在后来离开家乡游历扬州时，见到落魄公子，他便慷慨解囊，救人于危难之中，不到一年，就散金三十多万，可见李家经济实力雄厚。他父亲是移居来四川的，那当然不是当地的土豪地主，也从来没有出仕过，自然不是官僚。唐代与西域的交通商业很发达，西北经商的人特别多，他父亲很有可能是生意做得很好的商人。

正因为商业发达，游侠之风在唐代很盛行。有人统计过李白的诗文，终其一生，他游历过18个地方（省、自治区、市），总共到过206个州县，登过80多座山，游览过60多条江河川溪和20多个湖潭。

在李白二十岁前后，他游历了成都、峨眉山等地方，还和一位叫东岩子的隐士共同在青城山隐居了好几年。道家可以说是唐朝的国教，是统治者所提倡的，在社会上影响很大。学剑任侠和求仙访道，都表现了一种李白喜欢的生活方式，就是自由自在，浪漫诗意。

唐玄宗开元十三年（公元725年），李白二十五岁，为了实现自己的政治抱负，他没有选择参加科举，而是离开四川开始漫游，"故知大丈夫必有四方之志，乃仗剑去国，辞亲远游"。他的志向是像大鹏一样，"大鹏一日同风起，扶摇直上九万里"，他要的是一鸣惊人。如果说科举相当于今天的高考，那么，李白想要的是保送，是布衣直取卿相。这种带着一点浪漫气息的少年人的情怀，让李白在开始漫游时所抱的理想期待很高，他想要像他钦佩的古人诸葛亮、谢安一样为国家建立奇勋。

在这次漫游中，李白的愿望实现了吗？

出川不久，李白没有直接奔往长安（今西安），因为他知道自己还是一位默默无闻的毛头小子。他去了湖北、山西、山东，甚至南下江苏、安徽、浙江等地，这一漫游，就是十几年。在这长期的漫游中，他受到不少挫折和歧视。因为李白"不求小官，以当世之务自负"，他心里装着的是辅佐帝王、安定海内的大志向，他拒绝了广汉太守的引荐，于是很多人都笑李白好高骛远，笑他不自量力，过于自负。

好在伯乐虽少还是存在，李白还是受到不少人的赏识。他在江陵曾遇到司马承祯，后者称李白有仙风道骨，可与神游八极之表。这个司马老道何许人也？来头不小，他就是唐玄宗和玉真公主之师，得到他的首肯当然非同小可。初到长安时，贺知章也赞叹李白的风姿，夸他为谪仙人，还摘下金龟为他换酒喝。

更重要的是，李白走到哪，诗就写到哪。他在刚出四川时就写过一首很有名的绝句《峨眉山月歌》：

峨眉山月半轮秋，影入平羌江水流。

夜发清溪向三峡，思君不见下渝州。

这首绝句，二十八个字中有五个地名，点出行程，依次是峨眉山、平羌江、清溪、三峡和渝州，但我们读起来不会觉得生硬不自然，可见这个时候他作诗的功力就不浅了，在后期的游历中，他更是佳作不断。

这十几年漫游，他的仙名与文名大增，连唐玄宗后来也说："卿是布衣，名为朕知。"终于，在天宝元年（公元742年）李白被唐玄宗召到长安。这时李白已经四十二岁了，多年的愿望就要实现了，李白十分兴奋，他立刻赶回南陵家中，和妻子儿女告别，还写下了诗歌《南陵别儿童入京》来记录此事，其中著名的"仰天大笑出门去，我辈岂是蓬蒿人"就出自此诗，充满自信，意气风发，十足的盛唐诗。

李白满怀期待地进了宫，以布衣的身份，一步跨入宫廷，平步青云，实现抱负的机会就在眼前，他踌躇满志，风光无限。但可惜的是，唐玄宗晚年开始追求骄奢无度的享乐生活和长生不死的道士方术，这时连他自己也并不怎么励精图治了，他不要李白参与国家政事。他召李白进宫，主要还是看重他的诗歌才华，并没有将李白看作出将入相的国家栋梁，仅让他担任没有实际官职的翰林供奉，只是把他当作文学侍臣，于是就有了开头的赏名花、宠爱妃，让李白作新词的故事。

<h2 style="text-align:center">（二）</h2>

日子一久，李白就发现了自己的政治抱负并没有机会得以实现，他的生活在表面上是很得意的，生活享受也很奢侈，像他后来在《流夜郎赠辛判官》中说的："昔在长安醉花柳，五侯七贵同杯酒。气岸遥凌豪士前，风流肯落他人后。"他在长安结交朋友，在大街上大口喝酒，也同各种权贵人士举杯共饮，风流潇洒，气度不凡。但这些生活的享受却掩不住他内心的苦闷，他在翰林院感到自己曲高和寡。当时唐朝号称盛世，但已有乱世的苗头，政治腐化，朝廷奸相当道，杨国忠残害忠良，宫廷奢靡，百姓生活在慢慢变得穷苦。

唐玄宗宠信宦官，让他们占据京郊的甲第、名园、良田竟达一半；又酷爱斗鸡，当时王公贵族也都以斗鸡为乐，形成风气，有些人甚至靠斗鸡的本领而获得高官厚禄。当时的歌谣就唱道："生儿不用识文字，斗鸡走狗胜读书。"李白的《古风》第二十四首刻画了宦官的显赫和斗鸡之徒的骄横形象，对当时的腐朽政治进行了无情的揭露和谴责。

唐玄宗天宝三年（公元744年），李白受到小人的谗言，不容于同列。李白这个人很淳朴，性格豪爽，有才华，加上自己桀骜不驯的处事风格，在官场里当然是混不好的。在受到很多人的排挤和诬陷后，他上书请求还山，玄宗赐金放还。当年被召入京风光无限，现在却无奈离开，对比是如此的强烈。理想落空，前途未卜，李白在这样的心情下，创作了《行路难》第一首：

> 金樽清酒斗十千，玉盘珍羞直万钱。
>
> 停杯投箸不能食，拔剑四顾心茫然。
>
> 欲渡黄河冰塞川，将登太行雪满山。
>
> 闲来垂钓碧溪上，忽复乘舟梦日边。
>
> 行路难！行路难！多歧路，今安在？
>
> 长风破浪会有时，直挂云帆济沧海。

李白是爱酒之人，但此时，面对美酒佳肴，拿起筷子，又放下。端起酒杯，却又把酒杯推开。他离开座席，拔出宝剑，举目四顾，心绪茫然，不知道将这宝剑作何用途。停、投、拔、顾四个连续的动作，可以看出他是多么的难过啊！本是积极入世，才高志大，却被变相挤出朝廷。就像是想要渡过黄河，冰雪却堵塞了这条大川；想要攀登太行山，莽莽的风雪早已封住了山。"闲来垂钓碧溪上，忽复乘舟梦日边"这两句诗里用了两个典故：传说姜太公曾在渭水边垂钓，后来遇到周文王，被重用；相传伊尹在受商汤聘请的前夕，梦见自己乘船经过日月之旁。李白借此表明对自己的政治前途仍存极大的希望。

虽然好像充满希望，但仍然感觉到"行路难，行路难，多歧路，今安在"，前路艰险，不知道该往哪里走。这重复的"行路难"，是李白在叹气。但悲伤只是一时的，李白最可贵的地方就在于他永不言弃，他永远是积极向上的。"长风破浪会有时，直挂云帆济沧海"这结尾两句，气势恢宏，大开大合，一扫阴霾，展示了诗人力图从苦闷中挣脱出来的强大精神力量，令人感动。

在长安这三年，李白虽然没有得到实质性的官职，但他毕竟靠近权力的中心，和高官权贵打过交道，接触了包括皇帝在内的朝廷核心人物，不但使他名扬天下，政治上也成熟了不少。从这以后，他虽然依旧求仙访道，但他也更加关心政治，关注国计民生，留意天下兴亡，诗歌更加深刻，笔锋更加犀利。

被赐金放还后，李白又漫游了十二年。在这次漫游中，他的生活很不安定，四处流浪漂泊，更爱喝酒和追求游仙了。这十几年走过的地方很广，也遭遇到社会上的各种冷落和白眼，他在诗里说："一朝谢病游江海，畴昔相知几人在？前门长揖后门关，今日结交明日改。"在他以病辞京漫游江海后，往昔那些人谁还与他相识交好呢？在前门碰见李白的时候，那些人还恭恭敬敬地朝他作揖，等他走到后门，那些人已经把门"砰"的一声关上，不再理他了。这些人十分势利，多副嘴脸。正是这样的经历，让李白感受到人情的冷暖。

不过，也有不管李白处于何种地位，都对李白十分尊敬和钦慕的人，他就是前面提到过的超级粉丝魏万，后来成为李白的朋友。他慕名想见李白，就从前一年秋天起，到过开封和山东，因为听说李白在那里。后来知道李白南下了，就又找到江苏和浙江，乘兴游览了吴越名胜，重复李白的游踪。一直找到广陵（今扬州）才遇见李白。二人谈得很投机，常常一起游历。李白对魏万很信任，后来李白将自己的文章都交给了魏万，让他编成集子。唐肃宗上元年间魏万中了进士，就编成了《李翰林集》，那个时候李白还在世，应该是相当欣慰的。

这次游历也不像之前一样的衣食无忧，虽然离开长安时，皇帝送了他一些钱财，但时间一长，李白轻财重义的任侠和挥霍的性子，生活就变得艰难了。光景过得很苦，诗人自己也慢慢衰老了。

唐玄宗天宝十四年（公元755年）十一月，安禄山率部15万人，起兵反叛于范阳（今北京附近），十二月攻陷东都洛阳。次年六月，潼关失守，唐玄宗仓皇逃难蜀州，唐肃宗在甘肃即位。安史之乱，历时八年，沧桑巨变。

唐玄宗逃难到汉中，为了整顿官军的力量，就下诏命永王李璘为四道节度都使，总管江南军事。李璘在招募将士攻取金陵（今南京）时，重礼请李白去做僚佐，李白拥有满腔热忱的爱国精神，毫不犹豫就答应了。这时唐肃宗担心永王李璘和自己抢帝位，对李璘的军队进行了包围，不久李璘被杀，军队覆灭。李白因为跟从李璘而获罪，被流放夜郎。他取道四川赶赴被贬谪的地方，行至白帝城的时候，忽然收到赦免的消息，惊喜交加，随即乘舟东下江陵，写下他的著名绝句《早发白帝城》：

朝辞白帝彩云间，千里江陵一日还。

两岸猿声啼不住，轻舟已过万重山。

这首诗写行船的急速，早上还在高高的白帝城，一天之内就顺流而下跨越千里，到了江陵。三峡两岸的猿声连连，没来得及细听，轻便的小舟已经经过了数不清的山峦了。这场景的变换，令人应接不暇，在字里行间，体现出李白遇赦归还的喜悦之情，也体现出他对文字的驾驭能力已经达到了炉火纯青的地步。可惜李白在遇赦不久之后，病逝于族叔李阳冰家中，在病榻上把手稿交给了李阳冰，赋《临终歌》而与世长辞，终年六十二岁。

虽然李白没有实现自己的政治愿望，但他在中国诗歌史上留下了浓墨重彩的一笔，和杜甫并称"李杜"，成为唐朝诗坛不可撼动的大诗人。他用自己的诗篇证明"天生我材必有用"，他用自己不屈的人格践行着"乍向草中耿介死，不求黄金笼下生"，他用他的诗完成了"斗转而天动，山摇而海倾""纵死侠骨香，不惭世上英"。

第十一章

"诗圣"杜甫如何做到 "语不惊人死不休"？

在北宋时期，一位姓陈的读书人偶然得到了一本《杜甫诗集》的旧本子，他如获至宝。但由于这本诗集历时多年，保管不善，很多字都脱落了。读书人读到《送蔡都尉诗》时，发现诗中"身轻一鸟□，枪急万人呼"一句的"鸟"字后面少了一个字，但是根据上下文意思知道，这句诗写的是一个勇猛的武将，驰马战斗，说他像一只鸟那样轻灵活泼。读书人反复斟酌，想了半天，始终不能断定那是什么字。

一天，他和几位朋友谈论诗文时，提出了这个问题，希望大家能补上一个最恰当的字。大家抓耳挠腮，想出了起、落、疾、下、浮、飞等字。

后来，姓陈的读书人在别的地方找到了一本比较完整的《杜甫诗集》，翻到《送蔡都尉诗》一看，原来那句是"身轻一鸟过，枪急万人呼"。大家细细琢磨，觉得"过"字是用得最好最贴切的。"身轻一鸟过"，能让人立马想象出主人公长枪在握，策马飞驰，一闪而过轻如飞鸟的场景，和"枪急万人呼"两相呼应，堪称完美。而用"起、落、下"只是在说鸟的上下垂直的动作，但是主人公是骑在马上的，是往前行进的状态，"起、落、下"三字没有抓住人物的动作特点，比喻不贴近实际。"疾"字和下一句"枪急万人呼"的"急"字不管是读音上还是意思上都太接近了，显得有点重复。"浮"字体现不出动感，显得呆板。"飞"字又过于平常，没有体现速度。

于是，这样一分析，大家对杜甫用字的功夫深表叹服，认为虽然是补一个字，也不能达到杜甫的水平。

《送蔡都尉诗》是杜甫一首很平常的诗，正是在这样的平常中，体现出了伟大诗人遣词造句的讲究。事实上，在杜甫的诗篇中，几乎每一个字都经得住推敲，许多字词用得十分巧妙，可以说达到了绝妙的佳境，令人叹服。他诗作中的若干名言警句，慢慢地演变成了成语，成为我们语言中的瑰宝。如"射人先射马，擒贼先擒王""人生七十古来稀"，还有一些四字成语，如"历历在目"，出自《历历》："历历开元事，分明在眼前"；"明眸皓齿"，来自《哀江头》："明眸皓齿今何在？血污游魂归不得"；"别开生面"，出自《丹青引赠曹将军霸》："凌烟功臣少颜色，将军下笔开生面"；"白云苍狗"，来自《可叹》："天上浮云如白衣，斯须改变如苍狗"……

他自称"为人性僻耽佳句，语不惊人死不休"。为什么杜甫对作诗如此认真执着呢？这与他祖父杜审言有莫大关系。初唐时，杜审言与李峤、崔融、苏味道并称为"文章四友"，是当时的一位著名诗人，他对于律诗的完善功不可没。因此，杜甫对这位诗人祖父十分自豪，称"吾祖诗冠古"。他在给儿子所写的一首诗中曾经得意地说"诗

诗坛高手为何多出唐代

是吾家事"，说作诗就是我们家的家传，可见他是很尊重其祖父的，对作诗是真的热爱，因此杜甫一生无论处境多么艰难，在作诗方面他从来没有松懈，十分执着，笔耕不辍。正是通过刻苦的训练，杜甫才有了这样深厚的语言感知能力和驾驭能力。

除了祖父的影响，当时社会开放、文化繁荣的大环境也给了杜甫难得的艺术熏陶与启蒙。他在六岁时见过公孙大娘表演剑器浑脱舞，这种舞蹈富有异国情调，领舞的人双手各持一把剑，一身戎装打扮，左右开合，舞姿雄健有力。公孙大娘英气潇洒、酣畅淋漓的舞姿给杜甫留下了深刻的印象。五十年以后，诗人作《观公孙大娘弟子舞剑器行》一诗，生动、细致地回忆了公孙大娘的舞姿。一个六岁的儿童就能欣赏这样的舞蹈艺术并且将鲜明的印象保留五十年，可见诗人早慧，并且拥有良好的记忆力。

当时名噪一时的歌唱家李龟年的歌声，杜甫也是有幸听过的，同样难以忘怀。他还见过保留在寺庙中的东晋著名画家顾恺之的真迹《维摩诘像》。当时杜甫看得如痴如醉，觉得怎么画得如此传神！于是又弄到了画的摹本，带在身边时时欣赏。艺术是相通的，这些宝贵的欣赏机会培养了杜甫敏锐的艺术感知力，也对他日后从事诗歌创作有着直接的影响。

在这种环境和家世影响下，杜甫的诗才也早熟，在十四五岁时，就写了很多文章和诗篇，受到长辈们的赏识，甚至被比作著名的文学家班固和扬雄。他自称年少时"读书破万卷，下笔如有神"。可想而知，杜甫是既有天赋又是十分勤奋的。

但这些，远远不能让杜甫成为"诗圣"，成为一位伟大的诗人。他的天赋和勤奋正是在后半生异常坎坷的遭遇中，以仁者之心，酝酿出一篇篇"诗史"，吐出一件件锦绣佳作，最终成就了自己。这一切，离不开十年蹉跎长安求仕失败的苦楚，离不开多年漂泊西南贫病交加的凄凉，离不开唐朝由盛转衰的惊变在他身上打下的印记。

（一）

杜甫二十岁时，为了了解社会，结识名流，开始了长达十几年的漫游生活，其间经历过一次科举落第。为什么杜甫和李白一样，漫游都花了这么长的时间呢？我们结合古人的实际情况猜想，首先，读书人漫游的目的主要是为了获得名声，为进入仕途铺路，而平民出生的杜甫没有背景，需要时间让别人认可他的才华，毕竟千里马常有，而伯乐不常有。科举虽为朝廷选拔人才开启了一条大道，但成功考取功名的毕竟是少数，大多数失败的人还会继续寻找机会，漂泊外地。其次，古时候交通不发达，长年累月

诗坛高手为何多出唐代

的时间都不得不花费在路途上。我们现在乘坐几个小时高铁或者飞机跨越的距离，古人可能要走上一个月甚至更长时间。如果将古人十几年的漫游路程放在今天，完全可能缩为一年甚至几个月内就可以完成。不过，正是因为他们走得慢，才能有时间欣赏和体验沿途的风土人情、山水风貌，写出精美的诗篇。慢有慢的好处。今天大家不怎么写诗了，其中一部分原因恰恰是因为生活节奏太快，很多人忙得没时间用精心打磨的语言来记下自己的心情和感悟。

因为未知，漫长的旅途往往充满着惊喜。唐玄宗天宝三年（公元744年）的夏天，杜甫在洛阳，恰巧遇上被"赐金放还"的李白，他一下子就被李白追求自由的豪情和超然不群的诗才所吸引，跟着他一起游历了今天的河南开封，山东的单县、济南、兖州等地方，两人亲密到"醉眠秋共被，携手日同行"的地步，天宝四年（公元745年），二人在兖州城东石门分别，李白开始他新的漫游，杜甫动身前往长安。

唐玄宗天宝五年（公元746年），到达长安的杜甫，摩拳擦掌，想要一展抱负。就在第二年他迎来了一个千载难逢的好机会，唐玄宗为了广招贤才，下了诏书，举国之内只要有一技之长的人都可以来长安参加人才选拔的考试。这样的机会，杜甫当然不会错过。可是考试结果大大出人意料，杜甫落榜了，其他所有人全都落榜了！全国大规模的招贤考试竟然没有一个人被选上，这是怎么回事？

原来，这一次考试，杜甫他们都做了权谋的牺牲品。考试由宰相李林甫主持，这是一个阴险狡猾的人，由于此时唐玄宗治国的松懈，在朝廷上他权势滔天。他生怕前来应试的平民人士说话大胆，在皇上面前揭露朝政的黑暗，说他的坏话，因此，选送之初就在朝廷中大发议论，说："这些举人出身卑贱，愚昧昏聩，不识礼度，恐怕有什么不得体的乡下言论，会冒犯了皇上。"于是，他命令各郡县长官严格考试，将个别特别优秀的应试者继续委派尚书复试，御史中丞监督，从中故意刁难，设置障碍。此时李林甫权倾天下，诸官员敢怒不敢言，于是一场考试下来，没有一个中选，可恶的李林甫竟然还上表祝贺皇帝说："大选天下之士，没有一个中第，这正是'野无遗贤啊'。"他的意思是说，有才能的人，该选的早已选上来了。

满怀期待的杜甫，人生第一次遇到这样的大挫折，他必然是气愤的。然而，这只是开始，杜甫从此结束了他的漫游，开始了悲惨的人生之旅。他早年漫游吴越齐鲁时，没有为生计担心过，那时正值开元盛世，杜甫在《忆昔》中写道："忆昔开元全盛日，小邑犹藏万家室。稻米流脂粟米白，公私仓廪俱丰实。"整个社会是健康、向上的，百姓是富足、自信的。他的父亲又任地方官，有一定的收入，足以提供杜甫生活和漫游的开销，所以，杜甫在那时的生活一直比较好过。到了长安后不久，杜甫的父亲去世了。如此一来，他的生活便没有了着落，穷困潦倒，差不多沦为社会底层。天宝年间虽然还是一派盛唐气象，但潜藏的危机像一头凶恶的猛兽，正在慢慢吞噬着无辜的黎民百姓。

这个时候的杜甫，在难得的一次招贤考试中没有成功，又没有其他门路，只能把希望寄托在王公贵族、显赫官员的推荐上。这对于一般人来说不是一条容易的道路，需要四处奔走于权贵之间，给他们献诗。这是什么样的生活呢？三十七岁的杜甫在《奉赠韦左丞丈二十二韵》一诗中写道："朝扣富儿门，暮随肥马尘。残杯与冷炙，到处潜悲辛。"多么的屈辱和心酸啊！低如草芥、仰人鼻息的日子太不好受了，更可悲的是所有献诗的结果都一样，没有得到任何帮助。

唐玄宗天宝十年（公元751年），皇帝一连举行了三次大的祭祀活动，四十岁的杜甫给皇帝献了三篇词气壮伟的大赋颂扬此事。三大礼赋献上去之后，终于引起了玄宗的注意，皇帝很欣赏，命宰相考查杜甫的文章。杜甫听到这个消息，极为兴奋。考试顺利通过了，这是他一生最为得意的事情了。但是，这次考试的最终结果却令他大失所望，朝廷给他的安排仅仅是"送隶有司，参列选序"，意思是有关部门已经将他列于候补的名册当中了，他只需耐心地等候。可杜甫等不起，一家老小的生计、自己的壮志理想，经不起时间的蹉跎。生活越发贫苦，他也越发衰老了。

直到天宝十四年（公元755年），已是安史之乱的前夕，四十四岁的杜甫终于被任命为河西县尉，是个从九品下的小官，低到不能再低。他在长安求仕近十年，才得到这个官职，但杜甫没有接受。不久朝廷改任他为右卫率府兵曹参军，杜甫接受了，这也是一个小官，官位为从八品下，比县尉高一点。这个官的具体职责是替太子管理东宫的卫兵名单，还有东宫的马匹、兵器等东西。至于为什么这么选择，杜甫自己的解释是："不作河西尉，凄凉为折腰。老夫怕趋走，率府且逍遥。"避免向乡里小儿折腰和四处奔走，让杜甫放弃了县尉的职位，终究是文人的尊严重于一切。

杜甫在得到这个微职后，回了一趟家，探望全家老小。在回家的路上，他百感交集，发现老百姓的生活已经越来越糟了，但统治者还过着莺歌燕舞、酒肉豪奢的生活。"朱门酒肉臭，路有冻死骨"正是这一时期残忍的写照。等他回到家中，发现邻居都围在自己的家门口，家人都在号啕大哭，怎么回事呢？杜甫走进门，顿时心如刀绞，原来年幼的儿子已经饿死了！之前活泼可爱的身影，现在变成了一具小小的冰凉僵硬的尸体，躺在床上。邻居们面对这样的惨状，也不忍再看，纷纷落下同情的泪水。杜甫感到晴天霹雳，悲伤得不能控制自己。

正是有着这样的切身体会，在长安十年的后期，杜甫在诗歌创作过程中出现了一个值得注意的变化，从整体上说，杜甫的诗不再是个人的啼饥号寒的呻吟，也不再是一个旁观者对民生疾苦的客观描述甚或居高临下的怜悯。他开始把自己个人的不幸遭遇，与广大人民的痛苦生活以及国家的危机灾难有机地结合起来。

（二）

恰恰在杜甫回家看望家人的时候，安史之乱爆发了。安禄山起兵后，很快就攻陷了洛阳、长安，杜甫听到唐玄宗逃往西蜀，唐肃宗在灵武即位，便把家属安置在羌村，自己一个人前往灵武寻找唐肃宗。在战火纷飞、危难重重的时候，杜甫做出这样的决定是难能可贵的。但很不幸，他被叛军截获，押到长安。由于杜甫官位极小，身着布衣，还没有名气，因此叛军对他的管制不严，他得以在长安自由行动。看到街上的光景和往年迥然不同，像是人间地狱一般，百姓流离悲苦，王孙上街乞讨……他痛不欲生，写下了著名的诗作《春望》：

国破山河在，城春草木深。

感时花溅泪，恨别鸟惊心。

烽火连三月，家书抵万金。

白头搔更短，浑欲不胜簪。

　　短短四十个字，真切地反映出杜甫对国家、家庭的认识和情感：在国家动荡的岁月里，就没有家庭和个人的幸福生活可言。更令人感动的是杜甫一片赤诚的爱国之情，花儿鸟儿哪里晓得人间的事情，但在看到破败的长安城物是人非，杜甫觉得花儿也为国破哭泣，鸟儿也为家亡而哀鸣，他用拟人的手法，表达出亡国之悲，离别之悲。诗人自己呢？他那越来越稀疏的白发，连簪子都插不住了！可见心力交瘁，忧伤之深。

　　这样忧愁的诗人怎么可能在长安待得下去，他终于找着了一个机会，冒着生命危险逃出长安，来到了肃宗临时的驻扎地凤翔。他踩着灰扑扑脏兮兮的麻鞋，穿着露出两个手肘的破烂衣服，面黄肌瘦地出现在众人面前，令大家十分震惊。皇上感念他的忠心，便让他担任左拾遗，这是一个从八品，却又很接近皇帝的谏官，地位虽然不高，却是杜甫仅有的一次在中央任职的经历。可是，杜甫的性格耿直固执，在做官的头一个月，就因事触怒了皇上，遭到审讯，几乎受到刑罚。几个月后，他被皇上恩准回家探望妻子，实际是被疏离了。唐肃宗回到长安之后，杜甫又受到肃宗新贵和玄宗旧臣门争的影响，外调为华州司功参军，从此与长安永别。

在华州的几个月，杜甫作了著名的"三吏""三别"，分别是《新安吏》《石壕吏》《潼关吏》和《新婚别》《无家别》《垂老别》。他对现实有着更为清醒的认识了，也对政治感到失望，于是，毅然辞官，在战乱中和家人过上了漂泊异乡、四处奔走的生活。

最终他在西南度过了生命的最后十一年，写了一千多首诗，占《杜工部集》总数的三分之二以上。其中在成都住了五年，搭建了属于自己的草堂，生活比较安定，结束了四年颠沛流离的生活。在成都的平静生活使得杜甫的诗歌主题发生了明显的变化，他开始回忆自己年轻时的健康、矫健："忆年十五心尚孩，健如黄犊走复来。庭前八月梨枣熟，一日上树能千回。"（《百忧集行》），也将平凡的日常生活情景写进了诗歌，如《江村》：

清江一曲抱村流，长夏江村事事幽。
自去自来堂上燕，相亲相近水中鸥。
老妻画纸为棋局，稚子敲针作钓钩。
多病所须唯药物，微躯此外更何求。

这样轻松的语调在杜甫的诗中是难得的。居住的地方清幽安闲，那燕子活泼自在，水中的白鸥相亲相近，连诗人的老妻也颇有闲情地在纸上画了棋盘，和诗人对弈；小儿子将针敲弯了当作鱼钩在钓鱼。这样的生活，突然让诗人觉得很满足，他觉得要不是身体多病，需要一些药物，不然别的也不需要什么了。这类诗清丽浅显，潇洒流逸，在杜诗中是一种新面目。

可惜好景不长，八年的安史之乱虽然结束了，但国内混乱的局面远未停止，西方的吐蕃又大举入侵，一度攻陷长安。成都也受到影响，杜甫又漂泊到了夔州（今重庆奉节等县），住了近两年。这时期他写的诗作有四百多篇，达到了炉火纯青的境界，诗作也多了抒情性质，形式更加多样化，代表作有《咏怀古迹五首》《秋兴八首》《登高》，其中《登高》可谓是诗人当时处境的真实写照和后半生的总结。

> 风急天高猿啸哀，渚清沙白鸟飞回。
> 无边落木萧萧下，不尽长江滚滚来。
> 万里悲秋常作客，百年多病独登台。
> 艰难苦恨繁霜鬓，潦倒新停浊酒杯。

这首诗被评为"古今七言律诗第一"。从形式看，这首诗特别严谨精致。全诗四联都用了对仗，并且第一个联句内部也是对仗，风急对天高，渚清对沙白。前二联写景，后二联抒情，很有条理。

颈联"万里悲秋常作客，百年多病独登台"是最为人们称道的两句。古人认为这一联仅仅十四个字，却表达了八重意思。万里，表明离家万里，是空间的辽阔遥远；悲秋，点出季节的萧瑟惨淡；作客，是说漂泊异乡，常作客，说明经常辗转迁移，不是一年半载。百年，是说自己岁数大了，有一种岁月沧桑之感；多病，是讲身体不好，此时的杜甫确实患有严重的肺病；台，古人有农历九月九日登高的习俗，独登台，表明没有亲朋了。这两句诗词意精练，含意却十分丰富，叙述自己远离故乡，长期漂泊，晚年多病，举目无亲的处境。"悲秋"和"登台"，强化了抒情氛围，使作者的身世自白显得更加凄凉和忧愁，可谓是杜甫后半生心境的写照。

尾联"艰难苦恨繁霜鬓，潦倒新停浊酒杯"，进一步说明自己的处境，写尽了心酸悲苦。诗人百病缠身，不能再喝酒了，也因为潦倒贫困，喝不起好酒。但酒是诗人消愁的良药，诗人还是举起了盛满浊酒的酒杯，但身体的情况和过度的忧思，让诗人不得不停住了将饮的酒杯，这一条解愁的路也走不通了。诗的悲苦氛围达到了顶点。

之后"诗圣"杜甫进入生命的最后三年时光，居无定所，穷困潦倒，疾病缠身，十分凄凉。他往来于湖南的岳阳、长沙、衡阳、耒阳之间，大部分时间是在船上度过的，最后也是在船上去世，终年五十九岁。

杜甫生活在唐王朝由盛转衰的转折时期，经历了玄宗、肃宗、代宗三朝。他空有"志致尧舜上"的远大抱负，却始终未得到重用，一生饱经忧患。战乱的时局把他卷入颠沛流离之中，使他真切地接触了当时的种种社会景象，因而更能深刻地体察到各种矛盾和弊病，体验到下层老百姓生活的艰辛和困苦，并用诗歌把这一切反映出来。

杜甫生前名气不大，远不及李白、王维，也不如岑参、储光羲，他在去世前自叹"百年歌自苦，未见有知音"。但在中唐诗坛上，由于元白诗派和韩孟诗派的推崇，杜甫的地位已经超过王维等人，而与李白分庭抗礼。等到了晚唐，李白、杜甫齐名已成为诗坛的共识。

第十二章

白居易的诗街边老婆婆都能看懂？

历史上记载，唐朝诗人白居易每写出一首诗，都会念给街边的老婆婆听，念完之后问她，能不能听懂？如果那老婆婆说听不懂，他就会进行修改，直到老婆婆都能明白。如果老婆婆说懂了，他就会觉得很好，可以使得大家都懂，便将诗抄录出去，供大家传唱。这便就是成语"老妪能解"的典故。

白居易的诗真的能使没有文化的老婆婆都能听懂吗？他有一首诗我们从小就会背，便是《赋得古原草送别》的前四句："离离原上草，一岁一枯荣。野火烧不尽，春风吹又生。"这四句诗语言明白如话，朴实有力又朗朗上口，很好地描绘出了春草生命力旺盛的特征，四五岁的小孩子都懂，拥有多年生活经验的老婆婆当然也能理解了。其实这首诗后面还有四句："远芳侵古道，晴翠接荒城。又送王孙去，萋萋满别情。"多了些许文采，却不如前四句巧夺天工，但也不晦涩难懂，反而契合题意，意脉完整。

白居易第一次到长安时，就带着这首诗去拜访当时享有盛名的诗人顾况。顾况当时担任著作郎，拜访他的人很多，能得到他赞赏的人却很少，是个眼光很高的人。起初，顾况对这个初出茅庐的少年很不在意，拿到诗文时，瞥见他的名字"白居易"，便拿他的名字和身边的人打起趣来，说："长安的米贵得很，想白居在这里可不容易！"但等到他读到《赋得古原草送别》的三四句"野火烧不尽，春风吹又生"时，不禁大为赞赏，随即改口说：
"有这样的诗，想留下来住也是很容易的。"于是对白居
易以礼相待。

（一）

白居易是中唐诗坛影响力最大的诗人。他的诗在生
前广传天下，甚至传到了日本，受到许多人的喜爱。你可
能想象不到，在当时日本人心中，白居易才是中国唐诗的
"代言人"，是诗坛最具影响力的风云人物。不仅如此，
他也是唐代诗人中存诗量最多的人，现存二千八百多首。
这跟白居易十分重视自己诗集的保存有关，除家藏一本传
世外，他另外搞了三个备份：一本是在洛阳圣善寺钵塔
院，一本在庐山东林寺藏经处，另一本放在苏州禅院千佛
堂内，这让他的诗得以完整地流传下来。可见在存诗这方
面，他是十分有远见的。

白居易有如此高的诗歌成就，和他的勤奋苦学不无关
系。五六岁时，他开始学作诗，九岁时已经懂得声韵了，
十五六岁知道可以通过科举考取进士实现自己的理想后，
便苦心读书。二十岁前后，是他最刻苦的时候，温书读
文，写诗作赋，不分昼夜，这样的苦学，使得诗人嘴里都
长了疮，手肘都磨出了茧子。功夫不负有心人，二十九岁

的他考上了进士，顺利进入仕途，春风得意。

六年后，白居易调到周至县任县尉。离周至县城不远处，有座仙游山，山上有个仙游寺，离马嵬驿很近，他和朋友们到仙游寺游览，谈起了几十年前的安史之乱，当说到唐玄宗和杨玉环的故事，都十分感慨。白居易就想用笔将这个轰动一时的事件记录下来，于是回家就创作出了长篇歌行《长恨歌》，以优美的语言和朗朗上口的韵律，反复诉说着两人爱情的悲欢离合，缠绵悱恻。

这是个什么样的故事？我们需要回到开元盛世。历史中的唐玄宗李隆基是一个早年历经权谋政变，靠着本事最后取得皇位的帝王，正是他，创造了开元、天宝年间的盛世。但是到了天宝末年，李隆基觉得天下太平，就开始享乐放纵，懈怠朝政。杨玉环比李隆基小三十三岁，青春美貌，懂音律，善舞蹈，是一位艺术奇才。这样的天赋让李隆基十分欣赏，甚至不顾杨玉环已经是他儿子妃子的身份，让杨玉环入道观修行，化名玉真，几年后，接进宫里，封为贵妃。

杨玉环聪慧有计谋，并且善解人意，入宫后，她和唐玄宗一起钻研音乐与舞蹈。她受到唐玄宗《霓裳羽衣曲》的灵感启发，编制出具有高超艺术水平的舞蹈《霓裳羽衣舞》，挑选舞艺出众的梨园弟子，亲自传授训练。《霓裳羽衣舞》当时就成为软舞一绝，被称为"天下第一舞"。

诗坛高手为何多出唐代

这个舞蹈是模拟云朵的飘逸轻盈，因此舞蹈服装不同凡响，像五彩的云霞。数十人穿着华美的服装，一起跳这个舞，衣袂飘飘，身形款款，宛如仙子下凡，美不胜收，又如妙音出世，环珮叮当。白居易在中唐时期观赏过此舞，称赞道："千舞万舞不可数，就中最爱霓裳舞。"杨玉环也由此受到唐玄宗的专宠。

杨贵妃满足于艺术与君王之爱中，与沉湎后宫、不理国事的唐玄宗一起享乐，对他没有任何劝勉。慢慢地，宦官奸相当权，朝政风气开始变坏，赏罚无度；堂兄杨国忠依靠杨贵妃的得宠而权势滔天，横行霸道；节度使安禄山心怀不轨暗蓄兵力，黎民百姓日益陷入苦海。最终爆发安史之乱，唐玄宗带着杨贵妃等人逃亡蜀地，在离长安两百里左右的马嵬坡，士兵们心怀怨恨，不肯行军，认为唐玄宗不理朝政才导致民不聊生，才让安禄山有机会造反。更认为是杨玉环蛊惑了唐玄宗，因此杀了平时气焰嚣张的草包杨国忠，逼唐玄宗下旨杀了杨玉环。最终，为了平息士兵们的怒气，杨玉环做了替罪羊，被赐死在马嵬坡，匆匆掩埋，这才化解了此事。事后唐玄宗对杨贵妃无限思念，不能释怀。

白居易的《长恨歌》虽然是写唐玄宗李隆基和宠妃杨玉环的爱情故事，但诗人笔下的李、杨的形象，并不是真实的"历史人物"，他删去了一些事实，增添了自己的艺术想象和虚构成分，是诗人按照自己的审美理想对其加以净化和改造而重新塑造的艺术形象。经过诗人自己的改编和艺术提取，变成了一个感人肺腑的爱情悲剧。

　　在诗的第一部分，白居易极力赞许杨玉环的美貌和君王对她的百般宠爱。在诗中，杨玉环被塑造成了一位自小"养在深闺人未识"的少女，她"天生丽质难自弃，一朝选在君王侧"。这位女子是何等天生丽质呢？白居易略一沉吟，写出了震古烁今的两句："回眸一笑百媚生，六宫粉黛无颜色。"而唐玄宗对杨玉环的宠爱，白居易更是极力铺陈，妙笔生花：

春寒赐浴华清池，温泉水滑洗凝脂。
侍儿扶起娇无力，始是新承恩泽时。
云鬓花颜金步摇，芙蓉帐暖度春宵。
春宵苦短日高起，从此君王不早朝。
承欢侍宴无闲暇，春从春游夜专夜。
后宫佳丽三千人，三千宠爱在一身。
金屋妆成娇侍夜，玉楼宴罢醉和春。
姊妹弟兄皆列土，可怜光彩生门户。
遂令天下父母心，不重生男重生女。
骊宫高处入青云，仙乐风飘处处闻。
缓歌慢舞凝丝竹，尽日君王看不足。

这几句语言华美绚丽，有精彩的对比和细致的细节描写，可以看出唐玄宗对杨玉环的宠爱到了无以复加的地步。之后便是马嵬之变。前面极力描写的杨贵妃的美好与唐玄宗对她的宠爱，在马嵬坡之变时变得讽刺，令人深思。马嵬之变将"贵妃之死"的惨状描写得十分详细鲜明，"花钿委地无人收，翠翘金雀玉搔头。君王掩面救不得，回看血泪相和流"，花钿、翠翘、金雀玉搔头等杨贵妃的头饰，散落一地，染上了血污，也没有人去收拾。之后叙述唐玄宗在杨贵妃死后对她的思念之情，加剧了悲剧色彩，正是爱得有多深，失去时就有多痛苦。最后诗人以"在天愿作比翼鸟，在地愿为连理枝。天长地久有时尽，此恨绵绵无绝期"作结，缠绵悱恻的爱情和失去的痛苦，让万千男女好像从中看到了自己的影子，让人留下无限感伤。

　　这篇歌行在当时就风动天下，九州传唱，在后世也一直为人们津津乐道，经久不衰。白居易用华美高雅的词语极力描写帝王和妃子感人至深的爱情，但最后依旧以悲剧结尾，让我们在感伤于唐玄宗和杨贵妃的爱情中，自然而然反思他们悲剧的原因。杨贵妃被逼死于马嵬坡，唐玄宗身为一朝天子、九五之尊却不能保护心爱之人，这是很令人嗟叹与深思的。白居易没有直白啰唆的说教，而是用

"动之以情"的方式，让道理自然地彰显，具有无穷的艺术魅力。爱得越真、越深、越珍贵，失去的就越多，破坏就越重，对帝王的震动就越大，教训就越应该记取。

当然，越伟大的作品，越不可能只有一种解读，后世对《长恨歌》的主题有多种多样的讨论，有的人认为《长恨歌》通过唐玄宗和杨贵妃的爱情悲剧，展现统治阶级生活的荒淫糜烂和政治道德上的腐败堕落；也有人认为白居易诗是在单纯写爱情，歌颂爱情的坚贞和专一；更有人认为诗中隐藏了"皇家逸闻"：杨贵妃在马嵬坡没有被真的赐死，而是换装隐逃，流落民间，遭到掳掠被迫失身后，无法与唐玄宗再相聚，因此《长恨歌》表达的不是死别之苦，而是生离之恨……不管何种解释，都体现了《长恨歌》无与伦比的艺术价值，这首歌行也成为白居易艺术创作的巅峰之作。

（二）

当《长恨歌》传到长安以后，白居易名声大振。唐宪宗元和四年（公元809年），白居易被朝廷封为翰林学士，他也从小小的周至县尉，一步调到皇帝身边工作。不久，又升任左拾遗，这个工作就是挑皇帝的毛病。由于善于写诗，他希望诗歌也能起到反映民意、补查政治得失的作用。于是，白居易和好朋友元稹、李绅等人倡导新乐府运动，主张恢复古代的采诗制度，以新题写时事，创作了大量的讽喻诗。他集中创作了《秦中吟》十首和《新乐府》五十首等，鞭挞了社会上许多的不正常现象，有反映农民问题，有极尽讽刺当时吸血鬼一般的富豪权贵等，可惜，这些诗歌没有及时传到皇上的耳中，却得罪了朝廷上一大帮人。

两年后，白居易改任太子左赞善大夫——一个不得过问朝政而专门陪伴太子读书的闲官。这时恰恰发生了宰相被刺客刺死的事情，白居易一腔热血，上书请求皇上尽快追捕刺客，却因为越职言事而获罪，朝廷权贵更是借他母亲死亡的事情诋毁白居易不孝。这两件事让白居易处于危险的境地，要是皇上明辨秋毫本来可以大事化了，小事化无，可皇上偏偏因为他之前过于直言，对他也有点看法。本是一片忠心，最后落得被贬为江州刺史的下场。如果事情发展到这里，白居易也会自认倒霉，但没想到，还有一个官员跳出来，落井下石，说白居易的操行不再适合做官了，最终他被贬为江州司马。

江州司马实际上是一个空虚的官职，差不多就是被从京城流放。白居易带着官场泼给他的脏水和诬陷，失望地来到江州（今九江市），他将那时的心情，完完全全地写进了诗作《琵琶行》中。《琵琶行》讲述了一个完整的故事，诗人江头送客，忽听得优美的琵琶声，便寻着声音找到弹奏琵琶的女子，邀女子再弹几曲。女子的琵琶声饱含感情，如怨如诉。琵琶女弹完后自述身世，说她是长安的歌女，曾经跟随京城两位著名的琵琶大师学艺，学成后红极一时。后来年纪大了，容颜衰老，嫁给商人为妻，常常独守空船，在江湖之间辗转流浪。诗人听后觉得和她同是天涯沦落人，一样都是郁郁不得志。因此也说起自己的经历，请琵琶女继续弹奏，诗人为她写作这篇《琵琶行》。

《琵琶行》的语言生动形象，凝练优美，具有很强的概括力，整首诗脍炙人口，极易背诵。如琵琶女在作者的邀请下"千呼万唤始出来，犹抱琵琶半遮面"，将琵琶女的神态写得美不胜收。其中对音乐描写的佳句更是为世人所称赞，如：

大弦嘈嘈如急雨，小弦切切如私语。
嘈嘈切切错杂弹，大珠小珠落玉盘。
间关莺语花底滑，幽咽泉流冰下难。
冰泉冷涩弦凝绝，凝绝不通声暂歇。
别有幽愁暗恨生，此时无声胜有声。
银瓶乍破水浆迸，铁骑突出刀枪鸣。
曲终收拨当心画，四弦一声如裂帛。
东船西舫悄无言，唯见江心秋月白。

音乐是抽象的听觉体验，很难用语言描述，但白居易对音乐有很强的感知力，更有精准的表现能力，他将琵琶女绝妙的乐声表达得淋漓尽致。诗中连用急雨、私语、珠落玉盘等一系列精妙的比喻，用视觉形象、听觉形象联合起来比拟音乐，使得琵琶女的弹奏非常具体形象。乐声飞扬，读者仿佛身临其境。伴随着琵琶声大小、轻重、急缓、流滞、响止等旋律变化，琵琶女的心潮起伏也表现出来了。

难能可贵的是，在琵琶女一段扣人心扉的身世自白后，诗人觉得和琵琶女"同是天涯沦落人，相逢何必曾相识"。他将自己和歌女放在同等的地位，去感受歌女的悲伤，也抒发自己的不幸。《长恨歌》和《琵琶行》是白居易艺术成就最高的两首诗，如果以故事性而言，是《长恨歌》写得更好，因为它曲折婉转，传达了一个动人的故事，如果真正以感情和诗人自己的感受来说，《琵琶行》写得更好，因为其中有诗人更真实的感情。

很可惜的是，被贬江州之后，白居易的政治热情一蹶不振，思想发生了很大的改变。他对之前一贯遵守的儒家为国为民的信念产生了怀疑，从此以后，他不再大胆直言时事，常常称病，不负责重大事情，不惹是非，走向了独善其身式的闲适自娱，甚至变得世故和狡猾了。他津津乐道的处世哲学便是"中隐"，也就是当一个闲官，领着朝廷的俸禄，不至于为生计奔波挨饿受冻，但又不追求仕途显达，不得罪他人，过着既舒适又安稳的神仙般的生活，作诗也以"闲适诗"为主。

到底是什么样的神仙生活呢？根据《穷幽记》记载，他家的池塘游船上吊有百余只空囊，里面全装着美酒。白老爷子时不时宴请宾客来船上消遣，泛舟饮酒，要喝酒时就拉起一只酒囊，喝完再拉起一只，喝酒时，还有歌妓丝竹陪伴。这排场连酒仙李白都想不到，更别说囊中羞涩的杜甫了。

白居易的闲适中隐，是以良知与正义感的丧失为代价的。他生活在唐代中晚期，先后经历了八位皇帝，享年七十五岁的他看过了太多的悲欢离合，太多的荣辱盛衰。其前半生积极进取，后半生明哲保身，以他四十四岁贬江州为界，前后判若两人。但唯一不变的，是他的诗歌在后世无穷的魅力。

第十三章

唐中期发生的"新乐府运动"是怎么回事?

安史之乱后，强盛的唐王朝像生了一场大病，筋骨虽然好得差不多了，但五脏六腑都受到了重创，社会各方面矛盾加剧，整个国家在走向衰微。一些关心国运的有识之士，希望通过改良政治，也就是保守治疗，使唐王朝恢复健康，再度繁荣。于是，德宗贞元、宪宗元和年间，在文艺领域，兴起了一场诗歌革新运动，其显著特点，是以乐府——特别是新题乐府的形式，来反映各种严峻的社会问题，针砭政治弊端，想要把诗歌作为有力的政治工具来使用，期待达到实际的社会效果。乐府是什么？新乐府又是什么？为什么中唐的文人会想着用它来实现政治目的呢？

我们来看一首汉代的乐府诗《十五从军征》：

十五从军征，八十始得归。

道逢乡里人："家中有阿谁？"

"遥看是君家，松柏冢累累。"

兔从狗窦入，雉从梁上飞。

中庭生旅谷，井上生旅葵。

舂谷持作饭，采葵持作羹。

羹饭一时熟，不知贻阿谁！

出门东向看，泪落沾我衣。

这是一首暴露汉代不合理的兵役制度给人们带来深

重苦难的叙事诗。在汉代，男子二十三岁起正式服兵役，直到五十六岁止。如果遇到战争，还要做好随时从军的准备，兵役时间可能会更长。汉代从汉武帝开始，就频繁地发动战争，大量地征调行役戍卒，造成人民的大量死亡，也使很多家庭遭到破坏。这首诗运用老兵自我陈述的方式，描绘了一个"少小离家老大回"的老兵返乡途中与到家之后的情景，作品真实、深刻，令人感愤，催人泪下，反映了当时的社会现实，是一首具有典型意义的乐府诗。

"乐府"原本是秦朝设立的管理音乐的机构，后来汉朝的汉武帝时期也开始设立乐府，从民间搜集整理了大量的诗歌，然后配上音乐，方便在朝廷宴饮或祭祀时演唱及演奏。慢慢地，人们就把这一机构收集并制谱的诗歌称为乐府诗，或者简称乐府，乐府不仅是音乐机构，也成为一种诗歌体裁。汉朝的乐府中有很多像《十五从军征》一样的民间歌谣，叙述的是日常生活中的具体事件，具有很强的针对性。这些歌谣是创作者有感而发之作，反映的是民间的生活，是充满真情实感的内心呼声。在诗歌中，我们能感受到主人公的苦痛、欢乐，以及对于生与死的人生态度。乐府歌谣的语言朴实无华，通俗易懂，可读性很强。

"新乐府"是唐朝的诗人模仿乐府诗的这种风格，写当时发生的事件，不再采用以前乐府的题目，另设一个新题目，就叫作"新乐府"，它继承了汉魏乐府的现实主义传统。在唐代安史之乱前后，杜甫就曾以乐府风格的诗篇针砭现实，写出不少写时事的名篇，《兵车行》《丽人行》等摆脱古题，其实已经是一种新题乐府，只不过"新乐府"的观念没有被明确提出。老杜那种写实的艺术和大胆讽刺朝廷社会的精神，鼓舞了后来的诗人。他的名句"朱门酒肉臭，路有冻死骨"就是"新乐府"的典范。

（一）

"新乐府"概念的形成，最早开始于李绅的《乐府新题》二十首，这二十首诗没有保存下来，但从诗题来看，它的内容特点是清楚的。李绅这个名字大家可能不熟悉，但他的一首诗，绝对家喻户晓，便是《悯农》："锄禾日当午，汗滴禾下土。谁知盘中餐，粒粒皆辛苦。"这首诗几乎人人会背，已成为千古传诵的名诗。李绅的创作引起元稹、白居易的热烈响应，并由他们——尤其是白居易，把新乐府的创作推向高潮，形成新乐府运动。

张籍、王建是元稹、白居易、李坤的诗友，早于元白之前写作乐府诗，他们的创作为元稹、白居易所倡导的新乐府运动做出了重要贡献。他俩的乐府诗不论是题材、体裁还是主题、风格都较相似，被当时的人一起称"张王""张王乐府"。"张王乐府"不同于元稹、白居易的地方，在于他们没有提出鲜明的理论主张，其创作沿用乐府古题的也比较多，关涉现实政治的尖锐性还不那么突出，因此所谓"新乐府"的特征还没有得到特别的表现。

张籍乐府诗题材很广泛，有的描写下层百姓的困苦生活，尤其是官府的赋税过重所造成的压迫；有写贫穷人家的男子常年在外奔波，今年替人送租船，去年在江边捕鱼的生活，夫妇不能团圆；也有写战争给百姓所带来的痛苦，甚至描述了战争后白骨无人收，家家都有死人的凄惨景象。《野老歌》是他的一首叙说封建剥削的残酷，以及世道之不合理的诗歌：

> 老农家贫在山住，耕种山田三四亩。
> 苗疏税多不得食，输入官仓化为土。
> 岁暮锄犁傍空室，呼儿登山收橡实。
> 西江贾客珠百斛，船中养犬长食肉。

诗的前四句开门见山，写山农辛辛苦苦劳动了一年却没有粮食可以吃，粮食都充当税给朝廷交上去了。没有东西吃怎么办？五六句写老农迫于生计不得不采橡树子充饥。老农的事，好像还没有说完，结尾两句却写到"西江贾客"去了，说广西做珠宝生意的商人船上养的狗，经常有肉吃。这看似和老农没有关系，实际和前六句一样，用对比的手法，表达诗人对老农的同情。一方面将农民终年辛苦无粮可食的惨状和官家不劳而获却轻易把粮食"化为土"的现象进行了对比，表现农民捐税沉重、受尽剥削的痛苦生活；另一方面将山中老农和广西做珠宝生意的商人做对比，甚至是和经常吃肉的狗进行对比，人不如狗，又揭示出一种极不合理的社会现象。张籍用浅近平易的语言，表达了对劳动人民的深切同情和对黑暗现实的不满。

张籍的诗在节奏变换上轻快圆转，读来富有变化感，而王建的乐府诗则善于在平直朴素的叙述之后，加上一两句看似平常的句子使意蕴加深，在不动声色中突出主题。如他的诗歌《当窗织》：

叹息复叹息，园中有枣行人食。

贫家女为富家织，翁母隔墙不得力。

水寒手涩丝脆断，续来续去心肠烂。

草虫促促机下啼，两日催成一匹半。

输官上顶有零落，姑未得衣身不著。

当窗却羡青楼倡，十指不动衣盈箱。

前面一直在写贫女织布辛苦，尤其是"水寒手涩丝脆断，续来续去心肠烂"一句，让人十分同情织布女的悲惨生活。后面一句"当窗却羡青楼倡，十指不动衣盈箱"，说穷苦的织布女羡慕本身沦于不幸的娼女，让人触目惊心，突出地呈现了贫女痛苦的心境和社会的黑暗。

真正的"新乐府"到元稹和白居易提出相关的理论后才算实现。元、白是多年的好友，他们一起倡导新乐府运动。元稹排行第九，又称元九，元稹所作的乐府诗不如白居易的尖锐深刻与通俗流畅，但在当时颇有影响，世称"元白"。元和四年（公元809年），元稹看到李绅所作的"乐府新题"二十首，深有感触，便选了其中特别与现实弊病有关的诗题创作了《和李校书新题乐府十二首》。可以看出，元稹的乐府诗是针对现实政治而写的，他所涉及的面很广，但内容庞杂，既有对安史之乱以来社会变迁的反思，对百姓疾苦的同情，也有儒家礼乐治国思想。由于这是从理念出发来写的诗，所以在艺术上很粗糙，议论多而缺乏形象，语言也不够简洁生动。他此后所写的另一些乐府诗，还显得稍为深入，如《织妇词》，记述了劳动妇女因为有纺织手艺反而被限制不准嫁人，不能享受人伦之乐的悲惨情景，以"羡他虫豸解缘天，能向虚空结罗网"这样绝望的呼号写出了她们的痛苦心境。

不过元稹虽然提倡新乐府，但真正爱好和费心创作的却是艳丽而浅近的小诗，其中二十字的《行宫》更是受到高度赞扬。

寥落古行宫，宫花寂寞红。

白头宫女在，闲坐说玄宗。

　　这种小诗，在元和时风靡一时，被称为"元和体"。后来，元稹在仕途上一帆风顺，政治上日趋保守，"新乐府"诗的创作减少。后期不少的闲适诗篇大多只是谈佛言道，排遣个人情怀，表现一下自己的高雅与清旷而已。

（二）

　　比起元稹，白居易对新题乐府诗下的功夫要多得多，影响也大得多。一方面，他对诗歌创作有一套系统的看法。在《与元九书》中，白居易提出自己的诗歌主张"义章合为时而著，诗歌合为事而作"，强调诗歌服务于现实政治，将"为君为臣为民为物为事而作，不为文而作"作为他作诗的最终目的，要借此帮助国君实现良善的政治秩序与社会风俗。另一方面，他的新乐府不仅反映的社会生活面更广，在内容上表现得更深入，而且在语言上也形成了独特的平易浅切、自然生动的风格。因此，在这一诗潮中，白居易无疑是最重要的代表人物。他不仅大量自创新题乐府诗，而且将这种诗以"新乐府"标出，产生了很大的影响，也形成了一大批诗人进行新乐府写作的繁荣局

诗坛高手为何多出唐代

面，诗坛上便以"新乐府运动"来形容这一盛况。

他提出这些诗学主张时，正在左拾遗官任上，他的诗学主张与他的政治主张相匹，与其工作性质相符。在左拾遗的三年，白居易大量创作讽喻诗，从他的正义感和政治上的进取心出发，对时政提出了强烈的批评。他多次上书，反对宦官掌握兵权，指责皇帝的过失，又创作了包括《秦中吟》《新乐府》五十首在内的大量政治讽喻诗，广泛反映了中唐社会生活各方面的重大问题，真实地再现了现实的黑暗和人民的苦难，极具批判精神。其中最出色的篇章有《卖炭翁》《新丰折臂翁》《上阳白发人》。

卖 炭 翁

卖炭翁，伐薪烧炭南山中。

满面尘灰烟火色，两鬓苍苍十指黑。

卖炭得钱何所营？身上衣裳口中食。

可怜身上衣正单，心忧炭贱愿天寒。

夜来城上一尺雪，晓驾炭车辗冰辙。

牛困人饥日已高，市南门外泥中歇。

翩翩两骑来是谁？黄衣使者白衫儿。

手把文书口称敕，回车叱牛牵向北。

一车炭，千余斤，宫使驱将惜不得。

半匹红纱一丈绫，系向牛头充炭直。

"卖炭翁"题目底下有四个小字——"苦宫市也"。什么意思呢？宫市是自唐德宗贞元末年起，宫中日用所需的物品，不再经过官府承办，而是由太监直接向民间"采购"。太监常常率领爪牙在长安东市、西市和热闹的街坊，以低价强购货物，甚至分文不给，还勒索进奉的"脚力钱"，使百姓深受其害。白居易创作这首诗时是宫市为害最深的时候。

　　这是一首叙事诗，完整地记叙了一位卖炭老人烧炭、运碳、卖炭未成和被官吏掠夺的全部经过，层次清楚，脉络分明。"可怜身上衣正单，心忧炭贱愿天寒"是脍炙人口的名句。卖炭翁生活贫苦，没有厚衣服过冬，只能穿着单薄的衣裳，自然希望天暖。可是他又把解决衣食问题的全部希望寄托在"卖炭得钱"上，所以为了让炭卖出好价钱，他倒希望天气越发严寒些才好。白居易深刻地理解卖炭翁，只用十多个字就如此真切地表现出了卖炭翁的艰难处境和矛盾复杂的内心活动，又用"可怜"两字倾注了无限同情，催人泪下。

　　结尾在矛盾冲突的高潮戛然而止，太监霸道地将一车炭都拖走了，只留下完全不等价的"半匹红纱一丈绫"。卖炭翁以后的日子怎么过，社会上又有多少和他有类似遭遇的人？这样的结尾言有尽而意无穷，留下一大堆的问题，让人们去思考。

据说像《卖炭翁》这样的诗创作出来后，权贵豪门们十分愤怒，对白居易恨得咬牙切齿，这恰恰说明它击中了社会要害，刺痛了权势者的神经，也说明白居易是有正义感和勇气的。

白居易的讽喻诗，在问世之初，不如他的《长恨歌》之类的流传得广，当时的人并不熟知。而在二十年之后，就无处不题，无人不道了。白居易的"新乐府"随着岁月的流逝逐渐走进朝廷上下，得到皇帝的赏识及借鉴。也就是说，白居易的讽喻类"新乐府"，最初没有马上实现上闻于天子的理想。随着时间的推移，大约十几年内，上至天子、王公贵族，下至市井百姓，直至外域宰相，远近皆知。可知白居易作"新乐府"的最终目的还是达到了。

不过白居易的诗歌理论，是把政治目的、社会功利放在第一位，这不仅在写作立场上造成有局限性，而且当君主并不支持这种创作时，他就感到缺乏动力了。而白居易又是一个性格很矛盾的士大夫，一方面深切地关心现实，富于同情心，另一方面又很爱惜自己，生一根白头发就整天焦虑得不得了。在他初入仕途、官任左拾遗时所激起的政治热情，随着屡遭挫折而渐渐消退后，他停笔创作"新乐府"，只写一些闲适诗，用闲适诗推翻了以前自己的诗歌理论。

白居易等人的"新乐府"和杜甫的"记事名篇"相

比，还是缺少一些生命的深度。杜甫是用他的心和感情来写诗，白居易是以自己生活追求为第一位，然后才去关怀国家人民的。我们看杜甫的诗一定要结合他的生平，而白居易的诗，可以放下他的生平，只看他的诗。由于文学思想和人格上的致命弱点，白居易的新乐府创作，既在成就方面受到一定限制，也难以持续。

不管如何，以张籍、王建、元稹、白居易等人的乐府诗创作为核心的一种新的诗歌风格，以其对社会政治问题的强烈关注，和与此相关的平易通俗的语言，突破了过去一段时期内狭隘的诗歌内容，改变了过分雕琢的诗歌语言习惯，恢复了中国古典诗歌关心社会现实和民生疾苦的优良传统，既开拓了诗歌的表现领域，也发展了新的诗歌语言。

新乐府运动的精神，被晚唐诗人皮日休、聂夷中、杜荀鹤继承了。皮日休的《正乐府十首》和《三羞诗》，聂夷中的《公子行》，以及杜荀鹤的《山中寡妇》和《乱后逢村叟》，深刻地揭露了唐朝末年统治者的残暴、腐朽和唐末农民战争前后的社会现实。

第十四章

韩孟诗派真的"以丑为美"?

唐德宗贞元十二年（公元796年），一位寒酸土气的中年人在长安的进士榜前站了许久，再三确认自己榜上有名后，才高兴地叫出声来："我考上了！我考上了！"这个人就是四十六岁的孟郊。这是他第三次参加进士考试，之前两次均以落榜告终。第一次失败，他觉得痛苦羞辱，第二次失败，他觉得自己的心像被刀割一样疼。这是第三次，他终于考中了进士，喜不自胜，欢喜欲狂，压在心头的一块大石头终于被搬开了，豁然开朗。放榜之时正逢春季，万花齐放，姹紫嫣红，孟郊骑上快马，乘着春风，飞驰在长安街头，好像一天之内就看遍了长安的无数繁花。回到家，他乘兴写下了他生平的第一首快诗《登科后》：

昔日龌龊不足夸，今朝放荡思无涯。

春风得意马蹄疾，一日看尽长安花。

他说以往遇到的挫折和困境不再值得一提了，今朝金榜题名，那些郁结的闷气已如风吹云散，心里真有说不尽的畅快。"春风得意马蹄疾，一日看尽长安花"是后人喜爱的名句，将诗人策马奔驰于春花烂漫的长安道上的情景生动地表现出来了，活灵活现地描绘出诗人神采飞扬的得意之态。

可惜春风得意仍是没能改变命运。按照唐代科举的规矩，考进士由礼部主试，中榜后并不授官，只是有了做官的资格，还须参加吏部主持的考试，录取后才能授予官职。就这样，又经过了四年的奔波苦熬，孟郊终于获得了一个溧阳县尉的小官。做官后他依旧不如意，几经波折后，竟不能糊口，六十四岁时贫病而死，结束了晦暗的一生。

孟郊的人生是不幸的，他出生在一个贫困的家庭，少年丧父，中年丧妻，暮年丧子。虽然诗名远扬，但政治上怀才不遇，生活困顿。但不幸的人，远不止孟郊一个，自天宝末年安史之乱起，社会秩序剧烈动荡，宦官当道，民生凋敝，时局混乱，出生微寒、仕途不畅又多灾多难的倒霉读书人在当时为数不少。他们和孟郊一样，对现实有太多的不满，吟着晦涩的诗作，咒骂世道人心，嘲弄世态炎凉，或者挑衅世俗权威。这些有着共同的诗歌理想追求，有着共同的审美趣味的才士们，以友谊为纽带，通过诗酒往还、酬唱切磋的方式形成了一个著名的诗歌创作群体。这个创作群体以孟郊为开派长老，以韩愈为核心领袖，被称作韩孟诗派。在中唐诗坛上，并不只有元白诗派一枝独秀，独占鳌头，还有这韩孟诗派与元白诗派各分天下。

（一）

和元白诗派的通俗浅易完全不同，韩孟诗派凭借险怪奇崛的诗风，异军突起于中唐诗坛。他们以怪诞离奇为美，在用词上有意追求奇崛险怪的效果。

韩愈在诗作《调张籍》中说："我愿生两翅，捕逐出八荒。精诚忽交通，百怪入我肠。"标明对雄奇怪易的崇尚。他对李白和杜甫大加赞赏，想要追求他们的境界，为了学习杜甫的"语不惊人死不休"，他搜罗奇语，雕镂词句，创造前人没有使用过的险怪形象。于是，他使用最多的是那些惊险恐怖、猛烈激荡的词语，如"激电""惊雷""怒涛""大波""蛟龙""猩鼯""妖怪""鬼物"，构成了一个个惊心动魄的意象。甚至走向了极端，将牙齿脱落、打呼噜、腹疼肚泻写进诗里，故意用令人厌恶的字，如呕、虱、脓疮、丑娃，甚至粪字，到了"以丑为美"的程度。

受韩愈影响，孟郊也写了一些以丑为美、形象险怪的诗，但他的诗里多了苦寒和病态。据有人统计，孟郊诗写孤独141次、苦愁134次、哭泣泪126次、悲43次、寒54次、老残64次、枯28次、暮26次。由此可知，他的诗作在内容上是以日常生活中的穷愁遭遇为主，多写悲惨、冷酷甚至绝望。

受韩愈和孟郊的影响，韩孟诗派的创作喜欢抒发个人的主观感受，但情感都是郁闷而低沉的，境界不高，甚至偏于狭窄。他们的一些诗歌不优美，所描述的对象更不崇高壮美，而是以丑为美。这种诗歌的审美趣味，和时代的氛围、个人的身世有关。韩愈在《送孟东野序》中指出："大凡物不得其平则鸣。"所谓"不平"，主要指人内心的不平衡，强调的是内心不平情感的抒发。

韩孟诗派的诗人有着相似的人生经历，疾病缠身，精神生活充满痛苦和矛盾。一方面明白自己与上层社会格格不入，却又要硬挤进这个圈子；另一方面内心厌恶官场的虚伪应酬，却又急于希望通过科举得到官场的承认、上层的接纳。他们不能与社会和解，也不能与自己和解，整个人生就是凄凉而矛盾的存在，于是他们开始与社会疏离，不再以天下国家为己任，而是蜷缩在自我的小天地中。生理和心理上的痛苦，大大深化了他们对人生苦难的认识，于是，美丑之间自然是丑的、怪的、恐怖的最容易让他们产生情感上的共鸣，将内心的不平宣泄反映到诗歌，形成险怪奇崛的诗风。

这和盛唐诗人是完全不同的，盛唐诗人的精神是平衡的，不管个人是达是穷，他们照样昂扬开朗，生活得乐观豁达，根本不影响他们兴致浓厚地去品味生活，畅快地纵情山水。即使是孟浩然，他既有"荷花送香气，竹露滴清响"这类宁静、敞朗、平和之作，也有"气蒸云梦泽，波撼岳阳城"这类气势磅礴之作。安史之乱，杜甫到处漂泊，他仍然唱出"吴楚东南坼，乾坤日夜浮"这类有着壮伟诗境的作品。韩孟诗派的诗人们，虽然开辟了新的诗风，但将自己困在了暗淡的世界里。孟郊真正对后世产生较大影响并被人传诵不已的，却是那首古朴平易的《游子吟》：

慈母手中线，游子身上衣。

临行密密缝，意恐迟迟归。

谁言寸草心，报得三春晖。

（二）

险怪奇崛的诗风是韩孟诗派的一大特点，还有重要的一点，便是"以文为诗"，这主要体现在韩愈身上。韩愈一生，倡导古文，有"文章巨公"和"百代文宗"之名，更是唐宋八大家之首，文章写得很好。他的《师说》《进学解》中有许多警句，如"师者，所以传道、授业、解惑也""业精于勤，荒于嬉；行成于思，毁于随"跨越了一千多年，仍在指导我们的行为。

诗坛高手为何多出唐代

古文与华丽的骈文相对，"以文为诗"，就是运用写古文的章法作诗，讲究谋篇布局，叙述连贯明白。韩愈将他在文章上的造诣和手段，自觉或不自觉地带入诗中，用新的古文语言、章法、技巧来写诗，打破诗的语言高度浓缩跳跃的特点。韩愈的诗歌重叙述多议论，力求新奇，注重气势，赋予了诗歌前所未有的力度和超现实色彩，这无疑增强了诗的表达功能，扩大了诗的领域。代宗大历至德宗贞元年间的许多诗人，他们的诗没有了盛唐气象，追求清雅高逸的情调，变得平庸孤寂。韩孟诗派的出现，纠正了大历以来的寡淡纤巧的诗风，为中唐诗坛诗歌新变做出了突出的贡献，成为一代诗坛的改革者和新诗风的开创者。

韩愈的《山石》被选入了《唐诗三百首》，是一首很能体现他"以文为诗"风格的作品。虽以山石为题，却不歌咏山石，而是一篇用诗的形式写的山水游记。诗人按时间顺序，记叙了游山寺之所遇、所见、所闻、所思。记叙时间由黄昏到深夜至天明，层次分明，环环相扣，耐人寻味。

山　石

山石荦确行径微，黄昏到寺蝙蝠飞。

升堂坐阶新雨足，芭蕉叶大支子肥。

僧言古壁佛画好，以火来照所见稀。

铺床拂席置羹饭，疏粝亦足饱我饥。

夜深静卧百虫绝，清月出岭光入扉。

天明独去无道路，出入高下穷烟霏。

山红涧碧纷烂漫，时见松枥皆十围。

当流赤足蹋涧石，水声激激风吹衣。

人生如此自可乐，岂必局束为人鞿。

嗟哉吾党二三子，安得至老不更归。

"山石荦确行径微，黄昏到寺蝙蝠飞。"荦确（luò què），指山石险峻不平的样子，这两个字很多人不认识，也不会念，韩愈却喜欢在诗中使用它们。前两句是说走在狭窄的山路上，山石错杂不平，经过了一段艰苦的翻山越岭，诗人黄昏时分才赶到寺庙。黄昏之时才会出现的蝙蝠，已经在古寺里上下飞蹿，盘旋低回在幽暗的暮色之中。"升堂坐阶新雨足，芭蕉叶大支子肥"，"升堂"就是进入寺庙的厅堂，古人的房屋前为堂，后为室。进入寺庙的厅堂后，诗人坐在台阶上休息，发现由于刚刚下过山雨，寺庙里那吸饱了雨水的芭蕉叶子更加硕大，而挺立枝头的栀子花苞也显得特别肥壮。这两句诗热情地赞美了山野寺庙中生机勃勃的动人景象，也表现诗人的好兴致。

"僧言古壁佛画好，以火来照所见稀。铺床拂席置羹饭，疏粝亦足饱我饥"这四句，是写僧人的热情接待。僧人主动地向来访者介绍古壁佛画，兴致勃勃地举着蜡烛引着诗人前去观看。"稀"字可以当作模糊，看不清楚的意思，也可以看作是指壁画的珍贵、稀少。接着写僧人周到地安排诗人食宿，"疏粝亦足饱我饥"，疏粝指糙米饭，诗人爬了一天山，想必是又累又饿，虽然寺庙中只有简单的饭食，依旧吃得很香。这一句既能看出僧人生活的简朴，又能表现诗人对僧家招待的满意之情。

"夜深静卧百虫绝，清月出岭光入扉"两句，写山寺夜晚的清幽，留宿的惬意。山林深处本来有着各样虫鸣鸟叫，但诗人睡下时已经夜深，这些声音全都消失不见了，颇有王维"夜静春山空"的意境。没有了虫鸣，却有弯弯的月亮从山岭那边升上来，几丝清冷的月光照进了屋里，有李白"床前明月光"的味道，配合着百虫绝，更显得静寂。

"天明独去无道路，出入高下穷烟霏。山红涧碧纷烂漫，时见松枥皆十围。当流赤足蹋涧石，水声激激风吹衣"六句，写凌晨辞去，一路所见所闻的晨景。"无道路"指天刚破晓，雾气很浓，看不清道路。眼前是一片云烟弥漫的世界，在山上山下山涧山顶，全都浮动着蒙蒙雾气。诗人在浓雾中摸索前进，时高时低，时低时高。这样的情景，真是饶有诗味，富于画意！渐渐地，太阳升起来了，云烟开始退去，山行之路变得明亮，"山红涧碧纷烂漫"，山林景物也变得五彩缤纷。时不时地还能看见极其粗壮的松树栎树，奇特苍劲，优美多姿，引得诗人啧啧称奇。诗人继续前行，下到山脚了，泉声叮咚，有溪流挡路了。不过清浅的涧水十分可爱，于是他脱下鞋袜，打着赤脚，涉过山涧，让汩汩清流从足背上流淌，此时清风也吹动了诗人的衣襟，诗人的整个身心都陶醉在大自然的美妙境界中了。

"人生如此自可乐，岂必局束为人鞿。嗟哉吾党二三子，安得至老不更归。"结尾四句，写出了对山中自然美景、自由自在生活状态的向往。"人生如此自可乐，岂必局束为人鞿"是全文主旨。鞿，是马的缰绳。这里做动词用，即牢笼、控制的意思。韩愈说，这样悠游自在徜徉自然山水的生活多么快乐啊，何必要给自己设置太多限制，受人的约束呢？韩愈在长期的官场生活中，沉沉浮浮，身不由己，满腔的愤懑不平，郁积难抒，因此对眼前这种自由自在、不受人挟制的山水生活感到十分快乐和满足，从而希望和自己同道的"二三子"能一起来过这种清心适意的生活。这种痛恨官场、追求自由的思想在当时是有积极意义的。

在韩愈以前，写游记的诗一般都是截取某一个侧面，选取某一个重点，来抒发感情。而韩愈这首《山石》具有独创性，采用作文的章法来作诗，吸取了游记散文的特点，详细具体地记载了自己的行踪，意思流畅通达，像一篇古文。韩愈是有名的文学家，这种"作诗如作文"的方法，最高的境界往往可达到"作诗如说话"的地位，便开了宋朝诗人"作诗如说话"的风气。后人所谓的宋诗，其实没有什么玄妙，只是"作诗如说话"而已。这是韩诗的特别长处。这种风格，扫去了一切骈偶诗体的俗套。

不过韩愈的诗，长处在于"作诗如说话"，短处也在"作诗如说话"。韩愈虽然很有才，词汇量十分丰富，但喜欢掉书袋。什么是掉书袋？就是爱引用古书词句，卖弄学问。因此，虽然他写诗的口吻声调像是在说话，但用的文字却十分古雅，押韵又常常奇僻隐险，开后世用古字与押险韵的不良风气。于是走上了一条魔道，最恶劣的例子便是他的五言古诗《南山诗》，除了押韵，丝毫没有文学的意味。正如宋朝沈括说的，韩愈的诗只不过是押韵的文章罢了，没有诗意。

总而言之，韩孟诗派让唐朝的诗歌风格变得丰富多彩，让唐诗不仅有盛唐的绚烂，也有中唐的醇厚与险怪，对后世的诗文甚至小说，有着无穷无尽的影响。

第十五章

被称为"诗鬼"的李贺厉害在哪里?

李贺，字长吉，世称"鬼才""诗鬼"。鬼，《辞海》里解释为：迷信者以为人死后精灵不灭而称之为"鬼"。但是，没有人见过鬼，因此，但凡关于鬼的言论事物，都极富有神秘色彩。李白是"诗仙"，杜甫是"诗圣"，王维是"诗佛"，怎么到了李贺，就被称为"诗鬼"了呢？

翻开《李贺诗集》，奇特的语言、怪异的想象和牛鬼蛇神组成的鬼魅世界，让人好像进入了一个不一样的世界。极具想象力的李贺，在诗歌中常常涉及神仙和鬼怪，喜欢用"血、泣、鬼、死"等阴冷的字眼，在他存世的二百四十首诗歌中，最有特色、最引人注目的部分，恐怕要属这类描写鬼神幻境的作品。

不仅写鬼神，他还特别喜欢频繁又密集地使用色彩词语，有人统计，李贺在三十个字中就有一个色彩字。那些色彩，通常浓重富艳和神秘诡异，不是自然的颜色，而是他自己心里的颜色，是体现他情绪的颜色，比如他喜欢在红绿黄翠等鲜艳的色彩之前，刻意加上幽、冷、堕、愁、暗、寒、颓等幽冷感觉的字眼，来改变色彩的性质，使得情调反而更加悲凉凄惨，如"寒绿幽风生短丝""堕红残萼暗参差"等等。李贺这些奇异色彩的使用，配合着鬼神的氛围，能给读者以极其强烈的视觉冲击和心理冲击。因此，"诗鬼"这个称号，首先是对李贺在诗歌方面天赋的肯定，他是名副其实的"鬼才"。

其次，"诗鬼"之名与李贺本人的身世长相大概也颇有关系。李贺有两句诗谈及自己的外貌："巨鼻宜山褐，庞眉入苦吟。"说自己"巨鼻"加"庞眉"，适宜穿山村粗布衣裳，吟诵悲苦诗句。"巨鼻"，是丑相；"庞眉"，是苦相。有着"小李杜"之称的晚唐诗人杜牧、李商隐也分别为李贺作了诗叙和小传，其中李商隐在《李贺小传》中对李贺有外貌上的描述，称"长吉细瘦，通眉，长指爪，能苦吟疾书"。根据这些记载，我们大致知道李贺的身材不是高大英俊，而是纤细瘦弱，长相十分奇特，几乎长到一起的眉毛，巨大的鼻子，手指很长像鸡爪。这样的古怪外貌确实不是常人所有。加上李贺自小身体很不健康，体弱多病，在尚未成年的时候，头发就开始斑白和脱落，一生只匆匆走过了二十七个春秋就早逝了。确实有点"鬼气"。

北宋著名的文学家、史学家宋祁最早提出"太白仙才，长吉鬼才"的论点，他将李贺与李白放在一起，认为他们一仙一鬼，却都极有才华。在北宋的一部笔记小说《南部新书》里面，更进一步提出"李白为天才绝，白居易为人才绝，李贺为鬼才绝"的观点，将李贺与李白、白居易放到同一层次，三绝才中，李贺占一席"鬼才"，于是后来，"诗鬼"这个称呼便用到了李贺身上。

（一）

　　纵有极高的诗歌成就，李贺的一生却是极其不幸的。他出生于没落的王孙贵族家庭，祖先是唐高祖李渊的叔父郑王李亮，但谱系太远沾不上皇恩了。李贺有着李唐宗室的高贵血统，他也一直以此为傲，在诗中一再提到自己是"唐诸王孙"。这样的贵族身份，使他十分渴望通过入仕重振家业，并将这种努力视为实现自己人生理想的根本途径。然而，在刚刚涉足仕途的时候，李贺就遭到惨重打击，因为避父讳的缘故，终身与科举无缘。

　　中国古代有讲究避讳的传统，就是要避开皇帝和父母的讳，"讳"就是他们的名字，他们的名字你不能说，也不能写。比如在电视剧《琅琊榜》中，梅长苏在看一本叫《翔地记》的书，书中提到涂州的一处飞瀑，在涂州溱溱府，而"溱溱"恰恰是林殊母亲晋阳长公主的闺名，梅长苏就是林殊，因此他在书里做笔记时有意减笔避讳，因为母亲的名字自己不可以随便写，要写的时候就缺一笔，这个小细节被静妃看出来了。为了确认，静妃故意问他那飞瀑在涂州哪个县府，因为是亡母闺名，梅长苏不能回答这个问题，由此静妃才知道梅长苏可能是林殊。

　　李贺为什么会因为避父讳无缘科举呢？李贺很早就在

诗坛扬名，传说十八岁时李贺以一首《雁门太守行》使比他大二十二岁的大诗人韩愈刮目相看，大为赞赏。这在考取进士时是十分有利的条件。二十一岁时李贺参加了河南府试，成绩优异，被推荐去参加进士考试。他在当年冬前往长安，准备参加次年二月的考试。可就在考试前，有嫉妒李贺才华的考生，放出言论说根据当时的避讳法，李贺不能够去参加礼部考试，因李贺的父亲叫李晋肃，"晋"字和"进"字是同音，李贺需要避父讳。顿时这种流言四起，甚嚣尘上。

韩愈很欣赏李贺，看不惯这种恶意曲解名讳的事情，就写了一篇文章《讳辩》为李贺抱不平，说如果因为父亲名叫"晋肃"，儿子就不能考进士的话，那么要是父亲名"仁"，难道儿子就不可以做人了吗？可惜，因为这件事言论的影响太大，传到了朝廷，最终李贺没能参加考试。这对于一个自小有凌云之志，一心想通过科举考试谋取前途的读书人来说，是十分残酷无情的。他陷于极度抑郁愤懑之中。

不能参加科举，李贺前进的道路遇到了阻碍，使他没有机会施展自己的才能。后来虽然通过宗族的关系，他得到了一个九品小官，在太常寺做奉礼郎，但是地位卑微，形同仆役，让李贺有怀才不遇的悲愤。

但是，对他更加致命的打击，是身体的孱弱和早衰。

李贺自小体弱多病，常年吃药，正是这样的病体之躯，让他与同龄人相比对时间更敏感，更加有时不我待的紧迫感。可他偏偏有着一腔"男儿何不带吴钩，收取关山五十州"的豪情，渴望建功立业，报效国家，渴望过上贵公子般的豪奢生活。理想与现实的极大落差，像一瓢冰凉的水浇在他滚烫的头上，让他个人的欲望被深深地压抑，李贺承受种种煎熬，变得极其苦闷和敏感。正因为如此，使得他对现实的感知力比常人要强烈数倍，想象力十分丰富，对超现实的东西也十分感兴趣。不幸的命运，不幸的遭遇，特殊的气质和才华，让李贺开始对人生、命运、生死等最基本的问题进行思考。加上他独特的审美倾向和呕心沥血的经营，他写鬼怪、写死亡、写游仙、写梦幻，用各种各样的形式来抒发、表现自己的苦闷，因此，创造出了独一无二的"元吉体"，开拓了唐诗的审美形式，形成了唐诗中的特异面目，影响了后来的大诗人李商隐。

（二）

《金铜仙人辞汉歌》是最能代表李贺诗歌创作成就的诗歌之一：

茂陵刘郎秋风客，夜闻马嘶晓无迹。

画栏桂树悬秋香，三十六宫土花碧。

魏官牵车指千里，东关酸风射眸子。

空将汉月出宫门，忆君清泪如铅水。

衰兰送客咸阳道，天若有情天亦老。

携盘独出月荒凉，渭城已远波声小。

　　这首诗是工作不到三年的李贺在奉礼郎职位上感到屈辱，告病辞官，离开长安奔赴洛阳的途中所作的。当时，正值八月，诗人百感交集，既感慨于自己的身世，也为唐王朝暗淡的前途感到担忧。当时，唐朝衰败之相已经十分明显，藩镇割据、宦官专权、贪官污吏，导致朝政十分腐败，而最终的结果就是百姓遭受残酷的压迫和剥削。虽然李贺一生为官很小，但也亲眼见识过不少这样的事情，对当时的社会现状有着深刻的认识，因此将自己的悲情寄托在金铜仙人身上，写下了这首诗。

　　金铜仙人是大汉帝国鼎盛时期所造，矗立在神明台上，"高二十丈，大十围"，异常雄伟，是汉武帝借此向天下昭示自己的文治武功的，可以当作汉王朝繁荣昌盛的标志物。不过这尊巨大的金铜仙人像在汉朝灭亡后，终被魏明帝搬了家，又由于太重而被弃置不管。一个鼎盛王朝的标志最终沦为一堆破铜烂铁，成了废物。金铜仙人可谓是刘汉王朝由昌盛到衰亡的"见证人"。

"茂陵刘郎秋风客，夜闻马嘶晓无迹。"茂陵是汉武帝刘彻的陵墓，刘郎也指汉武帝，他曾作《秋风辞》："欢乐极兮哀情多，少壮几时兮奈老何？"因此"秋风客"也指他。这三个意义重复的词看似重复，实际上别有深意。茂陵点明故事发生时刘郎已经是死去的鬼魂，李贺诗中多次出现鬼的意象，这些鬼魂往往具有在世时的感情，并且往往因为生前有所遗憾才游荡人间迟迟不肯离去。传说汉武帝的魂魄出入汉宫，有人曾在夜中听到他坐骑的嘶鸣。但在这里，是谁听见破晓之前马的嘶鸣呢？是铜人吗？他在注视着曾经的主人重回宫殿吗？作者没有指出来，引人遐想。

"画栏桂树悬秋香，三十六宫土花碧"这两句诗是对铜人离开之前宫殿的描绘，用词十分奇特。在深秋这个寒冷的夜晚，桂香飘散流溢，诗人却用一个"悬"字。香飘空中似"悬"于空中，这一"悬"字巧妙地化无形为有形，好像感受到夜半的寒凉与死寂。"土花"一词也很奇崛。土花，指苔藓，诗人没有直接称呼为苔藓，而是说"土花"，花开土中，潮湿阴暗，有"土"味。三十六宫里长满了苔藓，寓含汉宫皆成土灰的意思。

"魏官牵车指千里，东关酸风射眸子"这两句写铜人离别时的情景。铜人被魏官牵拉着，要从长安移到洛阳去，离开故土，纵是咫尺，也是天涯。"东关"是指车出长安东门，风何来"酸"？原来啊，诗人说的是金铜仙人心酸，是心理感受，"酸风"不再是单纯的自然现象了。"射眸子"的"射"字更是显出风之强劲、迎面扑来。

"空将汉月出宫门，忆君清泪如铅水。"此时已经是魏朝的统治时期，为什么铜人会说那月亮是"汉月"呢？配合着后一句"忆君清泪如铅水"，这样一来，铜人对汉朝，对汉武帝的不舍之情就出来了。铜人的质地决定了他留下的泪是铅水。本来是无情之物的铜人，在李贺的笔下，感伤物是人非，时代变幻，竟然伤心地流下了眼泪。而那铅水，与平常人的眼泪相比格外触目惊心。两行清泪，在铜人那里是两股浑浊的铅水，从眼眶中沉重流出，和上一句"东关酸风射眸子"两相呼应，有异曲同工之妙，令人惊叹。

"衰兰送客咸阳道，天若有情天亦老。""衰兰"再一次呼应深秋的季节，"衰"字更直观地表现了外部环境的肃杀，这种清冷的天气为离别增添了愁绪。"送客"这个词语显示了铜人的身份，随着朝代主人的变换，他这个客人也被迫迁往魏国的都城洛阳，他是多么不甘心却又无可奈何啊。"天若有情天亦老"，天是亘古不变的，不会衰老的，是对任何事物无动于衷没有感情的。但作者突发奇想，要是苍天有情感的话，看到底下这触目惊心的一幕，恐怕也会瞬间衰老吧！由此更加衬托出铜人感情的强

诗坛高手为何多出唐代

烈，铜人的悲泣感伤的形象被完整地塑造出来，这是一个不能左右自己命运，但又充满深厚感情的人的形象。这不正是李贺自己的写照吗？

"携盘独出月荒凉，渭城已远波声小。""独"字，体现铜人的孤寂，越走越远了，城里的波涛声越来越小，只有那月亮跟随着他，可明亮的月色在此刻的铜人的眼中竟变得无比荒凉。至此，整首诗结束了，铜人整个迁移的过程也写出来了，一个有情有义、感情深沉的铜人形象也完成了，充满着神幻色彩。

如果说仅仅抒发亡国之痛和身世之感，倒也未必是好诗，史上有不少这样的篇章，但李贺这首诗却别具特色，令人耳目一新，为什么呢？诗歌的关键不仅仅在于它说的内容是什么，还在于诗人怎么去表现。为了表达内心的这种深沉的情感，诗人在遣词造句、意象选择上可谓匠心独运。

后人谈到这《金铜仙人辞汉歌》时曾说："全篇是仙人做语。称汉武为茂陵刘郎，亦出自仙人之口。"诗人以写《秋风辞》的刘郎，称代汉朝极盛时期的汉武帝，这是一奇；用金铜仙人的独特视角，让金铜仙人作为主体来见证历史的沧桑变迁，且用无情的铜人泪如铅水，来寄托自己对国事的忧心沉重，这是二奇；以铜人辞汉出宫，衰兰送客，代替铜人被魏官运走的史事，这是三奇。

李贺诗的风格之所以特殊，就在于他的想象和用字表达是出奇的，在唐代诗人中是别具一格的，具有创新精神。

再看他在《浩歌》里写时间流逝的四句诗："漏催水咽玉蟾蜍，卫娘发薄不胜梳。羞见秋眉换新绿，二十男儿那刺促。"同样出奇。漏是滴漏，古代的计时器。古人在铜壶滴漏的出口处会有一个装饰，就是诗里说的"玉蟾蜍"，蟾蜍就是蛤蟆。铜壶里的水会滴到玉蟾蜍的口中，"咽"就是吞下去，所以说"水咽"。水是一滴一滴地往下流，不论在哪一个时刻都不会停止，底下的蟾蜍就每天这么不停歇地把这水吞下去，时间也就分分秒秒过去了。光阴和生命是不等人的，衰老也不期而至。

李贺怎么写衰老呢？他用了汉武帝曾经十分宠爱的妃子卫子夫的典故。卫子夫的头发十分漂亮，浓密乌黑，具有光泽，她就是因为这一头美丽的秀发而受到宠爱的。可是不管当年卫子夫的头发多么浓密多么乌黑，她衰老后头发一根一根地脱落，变得稀薄，用那梳子去梳，都经不住梳了，因此说"卫娘发薄不胜梳"。美人迟暮，秀发凋零，格外显得时间的残酷，岁月的无情。这和杜甫《春望》中"白头搔更短，浑欲不胜簪"同样巧妙，同样触目惊心。

下面是接着说人的衰老，"羞见秋眉换新绿"，李贺

诗坛高手为何多出唐代

用的形象还是很奇怪。唐人用黛色，也就是青黑的眉笔画眉，因与浓绿色相近，故唐人诗中常称黛色为绿色，代表着年轻，"新绿"就是你很年轻的时候有着新鲜的黛色的眉毛，有一天你的眉毛也衰老了，或者变白了，那就变成秋眉。眉毛哪里有春秋？这就是李贺的修辞。"二十男儿那刺促"，"刺促"是惶恐不安的意思，是说一个人已经二十岁了，已经成年了，应该有所作为了，可是我为什么还是这样没有作为，这让我感到惊惶不安。就这四句，也可见李贺非同常人之处、"诗鬼"的厉害之处。

第十六章

"官二代" 杜牧是个落魄公子?

落魄江南载酒行,
楚腰纤细掌中轻。
十年一觉扬州梦,
赢得青楼薄幸名。

如果要问在古代哪个城市引得诗家争相吟诵，成为城市界的"网红"，大约非扬州莫属。唐代是一个产生诗歌的时代，而扬州是一个产生诗歌的城市。唐代吟咏扬州流传下来的诗篇足足有五百多首，在这些诗中，最经典的句子是李白的"烟花三月下扬州"，但传播最广的两句，却是晚唐诗人杜牧的"十年一觉扬州梦，赢得青楼薄幸名"。

　　杜牧曾在那个当时全国最繁华的城市生活过一段时间，此后，更对扬州怀念不已，留下了许多直接或间接描写扬州生活的诗篇，给扬州打了许多免费的"广告"，使扬州成为一座让人向往流连的城市。那些"广告"语中，正是这首追忆扬州岁月的《遣怀》最为脍炙人口。

　　　　落魄江南载酒行，楚腰纤细掌中轻。
　　　　十年一觉扬州梦，赢得青楼薄幸名。

　　公元833年，也是唐文宗大和七年，年轻而风流多才的诗人杜牧来到了繁荣富庶、风光秀美的扬州，在淮南节度使牛僧孺的幕府中做官。他在扬州一共生活了三年，从三十一岁至三十三岁，正是大好的年华。

　　虽然牛僧孺待他不错，但屈居幕府并不是杜牧的志向所在。杜牧本有贵公子习气，长得也帅，扬州又是一个典型的消费城市，在纸醉金迷中，他转而寄情于饮酒宴游，流连于花街柳巷。声色歌舞场所，往往容易有人闹事。杜牧的上司牛僧孺很看重这位才华横溢的下属，对于杜牧的行为他看在眼里，忧在心里，可是又不方便劝阻，于是派人悄悄地跟随每夜私行出游的杜牧，暗中保护，而沉迷歌舞的杜牧始终没有觉察。

等到大和九年（公元835年），杜牧被任命为监察御史，要前往长安做官去了，牛僧孺摆酒席为他饯行，在酒席上作临别赠言。

"小杜啊，你是个很不错的年轻人，气度不凡，性情豪迈，前程当然是很远大，我很看好你哇！但是我又常常担心你宴游无度，恐怕会影响身体健康啊。"牛僧孺语重心长地说。

杜牧一愣，但想到自己每次出去都换了便衣，神不知鬼不觉，牛大人肯定不知道。于是拍拍胸脯说："大人放心，杜牧向来行事检点，从不去那些风月场所。"

牛僧孺笑而不答，命丫鬟取出一个小盒子，当面打开，里面塞满了整整一盒纸条，纸条上面记着这三年杜牧晚上去过的任何一个地方，连日期都标记完整，都以"无恙"结尾。果然姜还是老的辣，牛僧孺这一招，让杜牧看了既惭愧又很感激，于是流泪下拜，表示谢意，终身感念牛僧孺。这个真实的故事记载于史书之中，和诗歌《遣怀》一起书写了那个在扬州夜夜笙歌的落魄公子杜牧。

《遣怀》是诗人对那段放浪不羁生活的追忆和反思。"落魄江南载酒行，楚腰纤细掌中轻。"追叙自己在扬州的生活：放浪形骸，沉湎于酒色。以"楚王好细腰"和"赵飞燕体轻，能为掌上舞"两个典故，形容扬州女子的美丽和作者沉沦之深。"十年一觉扬州梦，赢得青楼薄幸名。"十年在人的一生中不能算短暂，不管这个十年是指包括扬州在内的流连于花街柳巷的十年，还是距离扬州生活过去了十年，都是很长的时间。可杜牧说"十年一觉"，说这十年就像是睡了一觉，一眨眼就过去了！曾经的"扬州梦"好像是在浪费光阴，虚度年华，才会这样迅速飞逝，这样经不起回忆。这是为什么呢？

后半句"赢得青楼薄幸名"便是答案。这十年，什么都没留下，自己一事无成，最后竟连曾经迷恋的青楼女子也责怪自己薄情负心，还落得一个青楼负心人的称号。"赢得"二字，调侃之中含有辛酸、自嘲和悔恨的感情。这是进一步对"扬州梦"的否定，杜牧却写得这样轻松而又诙谐。实际上他的精神是很抑郁的，表面上是抒写自己对往昔扬州幕僚生活的追忆与感慨，实际上是发泄自己对现实的满腹牢骚和对自己处境的不满。这是带着苦痛吐露出来的诗句，如果不多次吟诵，不能体会出诗人那种意在言外的情绪。

可是，在扬州那样一个富庶自由的地方，有牛僧孺那样关心爱护自己的上司，有歌有舞有佳人，还领着俸禄吃着官粮，杜牧为什么会不满意呢？这样的生活对于平民出身的普通人可能不会有太多牢骚，但对于"官二代"的杜牧，这一切是远远不够的。

（一）

杜牧出生在一个世代为官的家庭，从晋到唐都是名门望族，祖父杜佑就先后担任德宗、顺宗、宪宗三朝宰相，而且活到老学到老，是一位博古通今的大学者，著有《通典》二百卷，这是中国第一部典章制度的百科全书。杜牧小时候住的房子是"旧第开朱门，长安城中央"，京城内环豪宅，这还不算，在市郊还有樊川别墅，家中更是藏书万卷，真正的书香门第。我们知道，那时候印刷术还不流行，不发达，要到宋代，刻版印刷术才流行起来，所以在唐代，书籍是很宝贵的资源。如果家里有很多藏书，对于求取功名的读书人来说，这就是一大笔财富。这样的出身，让自幼好学的杜牧有了深厚的家学功底，也让他有着与常人不一样的抱负和眼光。

十岁的时候，杜牧的爷爷和父亲相继去世，杜牧家就开始慢慢衰落。但杜牧并没有因此意志消沉，而是更加用功读书，发奋学习，把家里几屋子的藏书，全看了个遍，并且还继承了他爷爷的史学基因，对历史和现状看得很清楚，俨然一个治国大才。在他正式参加科举考试之前，就写了一篇谈古论今的论文《阿房宫赋》，语言优美，含义深刻，一时间引得众人争相传看，他的才名也借着这篇文章传播开来。

关于这《阿房宫赋》有一个有趣的传说。据说在扬州，有个叫苏隐的人，一天晚上，他躺下来准备睡觉时，听见被窝里有很多人在齐声朗诵《阿房宫赋》，这些声音很小但很急促。苏隐急忙掀开被子一探究竟，只见十几只足有黄豆那么大的虱子在被窝里活蹦乱跳，苏隐把它们统统捉住，全都打死。说也奇怪，打死这些虱子之后，那读书的声音就没有了。这么爱学习的虱子还真是难得，可见《阿房宫赋》的魅力。

杜牧不仅对历史有独特的见解，他还喜欢军事，专门研究过《孙子兵法》，写过十三篇《孙子兵法》注解，也写过许多策论。特别是有一次献计平房，被宰相李德裕采用，大获成功。杜牧在社会上的名声越来越大，二十六岁时，他走进了科考的考场，由于出身名门，爷爷又是宰相，朝廷好多人都向上推荐他，最终，杜牧首次参加科考，就考了个全国第五名，进士及第，被授予弘文馆校书郎的基层公务员，主要为皇家档案馆的典籍进行校勘。

这官也没什么问题，只是对于出身名门，文采风流，诗赋俱佳，又兼有经济之略，还精研《孙子兵法》、善论兵事的杜牧同学，大材小用了。且杜牧中进士后的十年，一直沉沦幕府下僚，连对他青眼有加的牛僧孺都是被贬官才到扬州去的，更别说在牛僧孺手下干活的杜牧了，因此，杜牧才会有仕途不得意的苦闷和自嘲。为什么有才能的人得不到重用？当然一方面是因为杜牧性情耿介刚直，不会溜须拍马迎合权贵，也不会经营财利，所以官当得不得意，经济也不富裕。另一方面是因为他生活在满目疮痍、支离破碎的晚唐。

杜牧生活在唐王朝由中兴走向没落的转折时期。唐代藩镇之乱后，出现了短暂的所谓"元和中兴"，但是不久又陷入危机，社会矛盾空前尖锐：宦官，也就是皇帝身边的太监，把持了朝政，不仅朝廷大臣的升降须由这些宦官首肯，就连皇帝的废立都由宦官操纵，这是很可怕的事情。

杜牧一生，经历了很多位皇帝，其中宪宗和敬宗是被宦官杀死的，到了文宗做皇帝，他不想再受宦官的欺压，便想将宦官消除掉，然后夺回皇帝丧失的权力，于是联合了两个人，一个叫李训，一个叫郑注。他们为铲除宦官的势力出了不少力，到了最后关键的时候，李训策划了一起谋杀。

李训让人假称皇宫一个院子的石榴树上有甘露，引宦官上钩一举歼灭。树上凝有甘露，如果是在夏秋之季，不是什么稀奇的事。但当时是十一月下旬，地处北方的长安已经十分寒冷了，不太可能有甘露。如果偶尔真有甘露降临，古人相信这是一种祥瑞的征兆，所以当时就要请皇帝来看。这边，文宗命掌权的宦官去验看，那边李训早已在暗中埋伏了武士，让他们隐藏在帐幕的后面，准备将宦官们一网打尽。

万没想到这个计划在实施的时候出了问题，埋伏的武士心里害怕，临时乱了阵脚。陪同的人也显得神情很紧张，脸色都白了，这使狡猾的宦官产生了怀疑。这时，一阵风吹动了门边的布幕，帐幕飘动起来，宦官就看到了在帐幕后面隐藏的武士，于是立刻逃走。这个精心设计的计谋失败了。

不久，这些宦官调集禁军大杀朝官，把李训、郑注、宰相王涯以及很多大臣都杀死了，朝中几乎为之一空。宦官气焰更为嚣张，文宗也差点被废，此后就纯粹成了宦官手中的傀儡，最后忧郁而死。这就是历史上有名的"甘露之变"，可见宦官之害已经多么严重了！

此外，由于国势衰微，势力削弱，边境侵扰也日益频繁。地方藩镇势力无视中央，甚至拥兵作乱，唐王朝一天一天地衰弱下去。总之，这是一个政治黑暗，民众饱受煎熬的时代。杜牧死后不过数年，农民起义便风起云涌，再过五十年，江山易帜。在这样的政治环境中，杜牧的政治军事才能，便埋没于历史之中。

<h1 style="text-align:center">（二）</h1>

　　幸运的是，杜牧部分才华通过诗歌保留了下来。他的七言绝句写得非常好，非常美，如前文的《遣怀》，平平仄仄，仄仄平平，声调洪亮，朗朗上口，很容易背下来。又如脍炙人口的《清明》一诗："清明时节雨纷纷，路上行人欲断魂。借问酒家何处有？牧童遥指杏花村。"这首诗不需要过多解释，直接就能通过文字的吟咏感受诗歌的美。由于杜牧天生就爱谈兵论史，他对历史的见识远胜一般人，因此创作了不少咏史诗，成了晚唐怀古咏史诗的第一人，还创造出了"论史"绝句这种独特的诗歌形式。这些诗用词华美又有着深刻的寓意，在晚唐别具一格，如《过华清宫》第一首：

　　　　长安回望绣成堆，山顶千门次第开。
　　　　一骑红尘妃子笑，无人知是荔枝来。

　　这首咏史诗是杜牧路过华清宫抵达长安之后有感而

作。唐玄宗在骊山修建了华清宫，和杨玉环在那里度过了许多骄奢淫逸的日子。后代有许多诗人写过以华清宫为题的咏史诗，但杜牧的这首绝句最为脍炙人口，精妙绝伦，而且非常有画面感，读起来，感觉就像看了一个精彩的电影片段。

诗的第一句是写实，"长安回望绣成堆"，诗人在长安回望骊山，树木葱茏，宫殿楼阁掩映其间，宛如团团锦绣。看到历史遗迹，诗人油然而生出对历史的感慨，于是诗人的想象拉回到一个场景，"山顶千门次第开"，山顶上那座雄伟壮观的行宫，平日紧闭的宫门忽然一道接着一道缓缓地打开了。人们以为这是来传送紧急公文，没想到是"一骑红尘妃子笑，无人知是荔枝来"。杨贵妃爱吃鲜荔枝，玄宗为了讨她的欢心，就命令从四川等地乘快马日夜兼程为她送荔枝，很多人与马跑死在路上。贵妃在山顶上望着山下一匹卷起红尘的飞马破颜一笑，因为她知道，这是她喜欢吃的鲜荔枝送来了。

这首咏史讽刺诗抓住了送鲜荔枝这个典型事例，极有画面感地描绘了富有戏剧性的一幕，以小见大，深刻地揭露了唐玄宗和杨贵妃不恤民情，只图一己享乐的腐败政治与糜烂生活，这正是导致安史之乱的内在原因。在艺术手法上，此诗又极为含蓄，它未加任何评论，也没对运送者人衰马竭甚至人马暴死的悲惨场面做任何描写，它单单拈出"一骑红尘妃子笑"这一特写镜头来，让人们在滚滚尘烟和破颜一笑这含蓄的对比中，生发广泛而深刻的联想。该诗不着一字议论，就把唐玄宗穷奢极侈、滥用民力的昏庸荒淫揭露无余，这"妃子笑"的后面含有多少人民的血与泪！全诗到此戛然而止，余味无穷。再如《赤壁》一诗：

　　　折戟沉沙铁未销，自将磨洗认前朝。
　　　东风不与周郎便，铜雀春深锁二乔。

　　一天，杜牧在沙滩上散步，偶然捡到了一把折戟，他磨洗干净，认出这兵器原来是经过六百余年风浪冲击剥蚀的赤壁大战的遗物。"折戟沉沙铁未销，自将磨洗认前朝"，一、二两句平平淡淡的叙述，好像没有深意。我们都知道赤壁之战是周瑜巧借东风，打败了曹操大军。三、四句"东风不与周郎便，铜雀春深锁二乔"，杜牧却不从常人思维出发，不去赞叹周瑜的智谋，认为既然周瑜破曹是靠东风烧曹军而取胜的，那么他从反面设想，如果没有东风的助力，周瑜打了败仗，会有什么结局呢？真是问得出奇，让人意外。他自己答得意味深长，说出现在曹操住的铜雀台上的将是大乔和小乔，引人遐想——二乔不是普通美女，一个是孙策夫人，一个是主帅妻子，如果孙吴失败了，她们很有可能被掳掠到铜雀台上供曹操享乐了。

这首诗的精彩之处正是在三、四句的议论，不仅是论史，而且通过富于戏剧色彩的想象，把赤壁大战关系吴国命运的重要性表现了出来，还表现诗人自负不平之气。诗人认为周瑜在赤壁打败曹操，是借东风之势用火攻，是一种运气，周瑜的才能不过如此。杜牧为什么会这么想？他好议政论兵，颇有抱负，但却无从施展，因此借吟咏史事流露出生不逢时的抑郁不平之气。但他说得含蓄有致，富有诗意，这首诗堪称咏史诗的杰作。

除了吟咏历史，杜牧的写景绝句同样精彩，如《泊秦淮》"商女不知亡国恨，隔江犹唱后庭花"，《江南春》"南朝四百八十寺，多少楼台烟雨中"，只言片语中就勾勒多幅场景，蕴含多层寓意，作者的态度毫不掩饰又耐人寻味。

唐代诗歌，晚唐所占的是最后的八十年。杜牧是晚唐诗坛的代表人物之一，他和李商隐、温庭筠三人的诗歌展现了晚唐的风情和晚唐人的心理。在诗歌这棵大树的成长过程中，唐诗是高潮，但这个高潮不是马上就结束，它由三个高峰构成，就如三次繁花绽放。

唐代近三百年，诗坛高潮迭起，一个高潮接一个高潮。一个高潮过去了，再换一个面目出现另一个高潮，至少出现了三次大的变化。

第一次是陈子昂、李白以及盛唐诗人改变了初唐的面貌，这是一次变化。

第二次高潮是中唐，就是韩愈、白居易这些诗人在盛唐之后，不愿意跟盛唐亦步亦趋，不愿意重复盛唐。他们再开辟、再变化，改变了盛唐诗歌的面貌，出现了中唐。中唐又是一个繁荣的多元化的面貌，这是第二次大的变化，这次中唐高潮主要是在贞元后期以及元和时期，不过二三十年。

到了晚唐，李商隐、温庭筠、杜牧便是新的社会土壤上产生的一批诗人。他们善于表达内心的情绪，常伴随着感伤情怀，并且喜欢用很多美丽的意象和辞藻。他们代表着唐诗的第三次高潮，是唐诗的第三次变化。

至此，唐诗的繁花完全绽放完毕，诗歌的大树葱茏壮大，枝繁叶茂，昂首迎接下一个新的朝代。

第十七章

诗人李商隐会"吸星大法"？

李商隐，晚唐诗人，和杜牧齐名，两人并称"小李杜"。我们对他的记忆，可能还停留在他那被后人用来赞美老师的两句诗："春蚕到死丝方尽，蜡炬成灰泪始干。"但李商隐这两句诗的本意并不是赞美老师，也不是在写悲哀，而是在讲热情，在讲坚贞不渝的爱情。在风起云涌的唐朝诗坛，他是一个相当独特的存在。李商隐诗歌最鲜明的主题是爱情诗，他是唐代诗坛上的"情歌王子"。但无论是写爱情还是其他，他的诗有一种感动你的力量，你就是读不懂也会喜欢上他的诗。就像他的一首《锦瑟》，引得后人一次又一次地试图撩开它神秘的面纱，然而它始终是一个谜。

锦瑟无端五十弦，一弦一柱思华年。
庄生晓梦迷蝴蝶，望帝春心托杜鹃。
沧海月明珠有泪，蓝田日暖玉生烟。
此情可待成追忆，只是当时已惘然。

瑟是一种拨弦乐器，装饰得非常华美的瑟，就叫作锦瑟。诗人由锦瑟的五十根弦，想到了自己度过的岁月，开始追忆过去。"庄生晓梦迷蝴蝶"，用了一个典故：庄子早上起来发现刚刚做了个梦，他梦见自己变成了蝴蝶，在空中翩翩飞舞。他就想，我是庄子吗？还是我刚才是蝴蝶？是我梦到蝴蝶吗？还是蝴蝶梦到我？庄子在刹那间对于生命产生了怀疑。李商隐在庄子梦蝶的典故中加入了一个"迷"字，迷可能是痴迷也可能是迷失，他也像庄子一样想到了人的存在问题。我们可能有过这样的经验，某一瞬间，会觉得这一刻的感觉在以前好像感受过，这一刻的场景以前经历过，这个时候我们会迷惑，会对当下的真实感产生怀疑。这样的体验，就像李商隐说的"庄生晓梦迷蝴蝶"。很多事情我们都没有弄清楚弄明白，对于自我，对于世上的事情，都处于"迷"的状态。

"望帝春心托杜鹃"又用了一个典故。传说周朝末年蜀地的君主，名叫杜宇，后来禅位退隐，不幸国亡身死，他的魂魄幻化成了一只鸟，在暮春时连连啼叫，以至于口中流血。他的叫声哀怨凄悲，动人心腑，这鸟后来被称为杜鹃。这一句和上一句诗相联系看，作者好像在说，生命的真理、道理并不清楚，我们会迷惑、迷失、迷恋，可是我们还有欲望，有欲望就有热情，这个"托"字就是寄托，寄托希望。

"沧海月明珠有泪，蓝田日暖玉生烟"这两句最难懂了，因为它完全是用意象组成的：沧海、月明、珍珠、泪水。蓝田是产玉的地方，传说当地土地里藏有蓝田玉，白天的时候，那个地方就会冒出一层烟雾。"蓝田日暖"是说太阳升起来的时候，地下的玉就会生出一种烟。作者用这些意象想表达什么呢？接着往下看。

"此情可待成追忆，只是当时已惘然。"在用了很多意象之后，他终于直接用白话书写了，他说这个感情可以变成一生一世永远的回忆，这是对感情的肯定，但肯定之后，李商隐马上发出了一声叹息"只是当时已惘然"。当时没有领悟，现在时间已经过去了，也没法珍惜了。

这首诗难怪会引得诗家争先解读，让后人费尽心思，确实太难理解了。《锦瑟》这首诗可以说李商隐把运用典故、运用象征、运用意象的写作方法发展到极致了。但我们不妨来探索一下，不去想他说了一件什么事，而是去感受他的情绪，也许就能明白了。诗人因锦瑟五十弦，想到了人生走过的五十个年头，回首往事，亦真亦幻，就像庄子所说的一觉醒来，不知道是自己在梦中化作了蝴蝶，还是蝴蝶在梦中化作了周庄。想来这五十年当中留下了太多的遗憾，就像传说中蜀帝死后化为啼血杜鹃一样。往事不堪回首，难以追寻，难以把握，像月光下空阔的大海，像珍珠般的眼泪，像春日里蓝田大地因掩藏着玉石而升起的缥缈烟雾。过去的自己缺少清醒的思维和行动，造成了不少遗憾，可惜再也改变不了了！

这首诗写的就是种种难言之情绪，种种人生感悟。

（一）

李商隐是一个深情、敏感而忧郁的诗人，他的一生，是在日落西山的唐王朝崩溃前夕度过的。

九岁丧父，还是小孩子的李商隐亲自把死在浙江的父亲的棺椁运回河南的故乡去，守了三年孝。为了奉养母亲，他做过小抄写员，还去给人家舂米。在这样困苦的条件下，却仍然坚持苦读。

后来，有一个大官叫作令狐楚，做了河南的节度使，他看见李商隐写的诗文，认为这个年轻人很有才学，很欣赏他，就让李商隐来到他的幕下，训练他写骈文。因此，李商隐不仅是大诗人，也是唐代最有成就的骈体文作家，他的骈体文成就达到了惊人的高度。

李商隐一生都在别人的幕府里做事。他给地方的军政长官写文章，写来往的公文、应酬的文字，以给这些军政长官做秘书为生，他的仕途是不顺畅的。在爱情方面，他妻子早逝，爱上的女子都是为世俗礼法所不容发展感情的人，如宫女、女冠……

李商隐一生之中有太多没法拥有的事物，爱情、仕途或者是友情，这样欲求不得的痛苦让他的诗歌总是带上浓郁的感伤色彩，带上一种总是得不到想要的东西而产生的失落感和无奈感。得不到的东西和失去的东西，对人们总有一种魔力。这个东西正因为得不到或者已经失去，才变得特别重要。这些特质让李商隐的诗很有辨识度，致使他的诗中经常出现叹息声，如著名的《乐游原》：

向晚意不适，驱车登古原。
夕阳无限好，只是近黄昏。

向晚就是傍晚时分。一天傍晚，李商隐心情不舒畅，想出去散散心，他驾着车登上了古原。古原位于长安（今西安）城南，是唐代长安城内地势最高的地方。站在乐游原上，晚霞满天，火红一片，一轮夕阳安静地悬挂在静谧的半空。李商隐欣赏着晚霞和夕阳，生发出了"夕阳无限好，只是近黄昏"的感慨。在他的眼中，再好的夕阳，总是要落下去，被黑暗包围吞没的。"无限"两个字用得极好，既讲出了作者的向往，又体现了作者的遗憾之情。正因为这"好"是无限的，黄昏的没落感更会显现出来，极度繁华又极度幻灭，更令人惋惜。

这是一种带着伤感的美，带着叹息的美，不是壮美不是优美，这种美，也只会出现在晚唐的李商隐笔下。盛唐的李白眼里的夕阳是"江城如画里，山晚望晴空"，晴空之中，远山之上，一抹斜阳，照耀着眼前的江城，就像一幅美丽的风景画！中唐的李贺眼里的落日是"白景归西山，碧华上迢迢"，日落西山，固然是一片昏暗，但夜云中竟然还透露出一些碧色，遥挂天际的月亮出现了。这两种情致和李商隐笔下的是完全不同的。李商隐用另一种角度欣赏夕阳，美是美，可惜不长久，即将要消失了。

再如他的七言绝句。绝句是强调起承转合的，李商隐的绝句有一种很奇妙的意境，他可以用很短的诗表现很幽深奇妙的一种境界。

夜 雨 寄 北

君问归期未有期，巴山夜雨涨秋池。

何当共剪西窗烛，却话巴山夜雨时。

这是写给北方的朋友或者亲人的诗。"君问归期未有期"，这个人曾经问他什么时候回来，但是李商隐自己也不知道何时是归程。他不能把握自己的行程，他不能自己做主，这样的感觉是迷茫的孤独的。这时我们好像听见李商隐又叹息了一声。

"巴山夜雨涨秋池"，去过成都的人知道，那里经常夜晚下雨。李商隐想到自己前路未定，且不能主宰自己的命运，心情肯定是不快的。恰好此时又下着夜雨，淅淅沥沥，水池也慢慢涨起来。"巴山夜雨涨秋池"是告诉在北方的那个人自己这里的天气和写这首诗的情绪。

"何当共剪西窗烛，却话巴山夜雨时"这两句突然笔锋一转，既然不知道归期，那就畅想一下未来吧。他对北方的人说，我们什么时候可以一起剪蜡烛芯呢？等到了那个时候，我们再来说说我现在的这个夜晚。这是多么奇妙的时间感！明明处于当下，却想着未来和亲人朋友在聊现在的这个时刻，这样的场景多么美好。为什么李商隐会说到"剪西窗烛"？因为以前的人没有电，夜晚会点蜡烛。蜡烛有灯芯，燃烧到某个时候，要把烛芯剪一下，它才会更亮。

短短十四个字，写了三个时间三个地点，一个是现在下着雨的巴山，一个是回到北方和亲友聊天的北方的夜晚，还有一个是和亲友聊天谈到的现在的巴山。时间好像一瞬间就转换了，空间也一瞬间转移了。正是在这种腾挪转移当中，寄托了诗人的美好期望，他有一点点孤寂，但更多的是期待。

这首诗没有用典，明白如话，但抒发的感情却是这样的引人回味。不仅如此，诗里的音韵更漂亮。重复的"巴山"，"君问归期未有期"中的两个"期"，让诗中的感情在吟咏中不知不觉变得醇厚。这是李商隐的魅力，但他的魅力不仅止于此。

（二）

　　李商隐是晚唐诗坛上出现的又一位集大成式的诗人，套用武侠小说的说法，他会使用"吸星大法"。吸星大法出自金庸武侠小说《笑傲江湖》，是日月神教教主任我行的武功。正邪两派谈及吸星大法无不谈虎色变，这个武功的绝妙之处，正是在于可以吸收他人内功而为自己所用。

　　如果将一个个诗人比作身怀绝技的武林中人，那么在高手如林的唐代诗坛，能够吸收他人内功而为自己所用的李商隐，就相当于会使用这种绝妙武功"吸星大法"。当然，李商隐不是大吼一声"吸星大法"就能吸走人家深厚的内功，他的方式是向别人学习，取各人的优长而去其弊病，最后融炼出自己独一无二的风格，给在盛唐和中唐已经有过充分发展的唐诗以重大的推进，使其再次出现高峰。

　　李商隐向唐代的前辈诗人学习过，也向同辈诗人学习。他受六朝诗人的影响，六朝诗歌的一般特色是爱情题材较多，形象色彩艳丽，语言风格佻巧、绮丽。他向韩愈学习，如他写的《韩碑》，以文为诗，意象奇特，酣畅淋漓。

　　他还向李贺学习。他的一首《谒山》，奇特突出逼近李贺。

从来系日乏长绳，水去云回恨不胜。

欲就麻姑买沧海，一杯春露冷如冰。

题目"谒山"，即拜谒名山之意。那么诗里写了什么呢？古人有一个大胆的想法，觉得太阳下山，天就黑了，于是就想找一根长的绳子将太阳绑住，不让太阳走，让它留下来。如果太阳留下了，时间就不会过去了，人也就不会衰老和死亡，世事就不会变化无端了。这是古人的美好想象。

但李商隐在诗的第一句直接说"从来系日乏长绳"，打破了这个美好设想。他说从古至今，都没有这样可以用来系住太阳的绳子！"系日乏长绳"本来就是很无奈很绝望的事情，他添上"从来"二字，加强了语气，便是坚定的否定，他这样一说，遗憾的味道就更足了，因为这是无可奈何的事情。但他对自古以来人们美好的愿望的否定，不代表他自己对时间的流逝是无动于衷的，他第二句说"水去云回恨不胜"，他从水去云回这样的自然现象那里生发出了对时间无情流逝的惆怅遗恨。水流走了，再也流不回来了；天上云涌翻腾，不一会儿也消逝了。

时间的流逝，使古往今来多少英雄豪杰、仁人志士慷慨悲歌！孔子曾经看着滚滚的流水，颇有感慨地说："逝者如斯夫，不舍昼夜。"时间就像流水一样，每时每刻都在流去，不会倒退，不会停止。李商隐这首诗，也是在吟咏慨叹这样一个带有永恒性的宇宙现象，却极富浪漫主义的奇思异想。

他由水流想到百川最终都汇集于大海，联想到麻姑三见沧海桑田的传说。麻姑是神话故事中的女仙，山中方一日，世上已千年，她经常看见沧海变成桑田，她担心普通百姓的烟火日子，跟别人闲聊时还提着这个事，说就在她闲聊的这段时间，世上沧海已经三次变成桑田。所以人们认定沧海应该是属于麻姑的，于是李商隐就大胆想象，"欲就麻姑买沧海"，就是说，他要控制这沧海和桑田的变化，不要世上有沧海桑田的变化，那么世界上也就没有盛衰的变化。这想象大胆天真到近乎童话，令人耳目一新。

可惜现实却是"一杯春露冷如冰"，这一杯像冰一样寒冷的春露是麻姑给诗人的吗？是沧海变化而成的吗？我们不知道，但诗人没有买到沧海，眼前有的只是一小杯春露，就足以说明购买沧海的想法失败了，就如同想找一条可以拴住太阳的绳子一样，是不可能实现的。

"一杯春露冷如冰"，奇幻的想象和构思，与李贺特别相似，李贺《梦天》一诗中就有"一泓海水杯中泻"这样异曲同工的句子，可以看出李贺对李商隐的影响。

　　李商隐和杜牧并称"小李杜"，实际上，他没有李白的浪漫飘逸，却学到了杜甫的精髓。杜甫在写某一事物或者感情时，不局限于该事物或感情，而以之为核心，展开联想，给人深刻的印象。李商隐学习这个方法，扩展了诗歌的意境范围，强化了情感的表达力度，收到了新奇的效果。

　　他还学习杜甫"炼"字的新奇和不落凡套，力求别开蹊径。杜甫五言律诗有一句"地平江动蜀，天阔树浮秦"，"江动"表现江涛的汹涌，"树浮"表现远处树木的缥缈，都很生动，但并不新奇。加上"地平"和"天阔"就不同了。因为地势开阔，江涛显得分外汹涌；因为天空辽阔，林影显得分外缥缈，这都是极其雄伟壮阔的景象，就很有点奇了。至于"地平江动""天阔树浮"之后，再加上一蜀一秦，全句就格外雄劲生动了：江涛震撼蜀地，远树高出秦天。江和树汲取了蜀地、秦天的精神，而又控制、超越了它们，真是奇而又奇了。

　　同样，李商隐也有这样具体而微的警句《桂林》："城窄山将压，江宽地共浮。"因为城小而周围多山，所以显出"山压"的形势。因为江面宽广，波涛汹涌，所以有"地浮"的感觉。除气势一样奇伟之外，诗的境界和造语都很像从杜诗变化而来。

李商隐博采众长，师承极广，加上自身独特的感伤气质，因而也成就了自己的风格，在晚唐独树一帜。在清朝编录的《唐诗三百首》中，李商隐的诗被收录了二十二首。虽然李商隐一生命运坎坷潦倒，他的诗歌成就却可与大家媲美，这样一位深情执着又富有才情像谜一样的诗人，为晚唐诗坛增添了绚烂无比的色彩，为抒情诗的发展开辟了新的天地，为后世的词、曲的发展都做出了重要贡献。

第十八章

唐诗里有感人至深的友情吗？

自古以来，人们十分重视一种情谊——友谊。在民间，流传着不少有关友谊的故事，春秋时代，就有"高山流水"的佳话。说的是一位叫作伯牙的人，他擅长弹古琴，有次中秋之夜乘船外出，偶遇一位樵夫。伯牙发现自己每弹一曲，樵夫都能讲出乐曲的内容和感情，他弹奏时心里想着高山，樵夫称赞说："峨峨兮若泰山！"心里想着流水，樵夫又说："洋洋兮若江河！"伯牙大喜，忙问了樵夫姓名，知道樵夫名叫钟子期，两人于是结交，在船上相谈甚欢。后来钟子期离开人世，伯牙来到他的坟前，边哭边弹，仰天长叹："子期不在，谁是知音？"于是将古琴摔碎，终生不再弹琴。伯牙和钟子期互为知音的友情令人感动，南北朝时期陆凯和范晔之间真挚的友情也让人动容，这段感情保存在诗歌《赠范晔》之中：

　　　　　折花逢驿使，寄与陇头人。
　　　　　江南无所有，聊寄一枝春。

　　身处江南的诗人陆凯给远在长安的朋友范晔送去一枝盛开的梅花，简朴的语言道出了浪漫的情怀，平淡中显出了高雅的意境，这样的友情，令人向往不已。

　　在唐朝，这个诗的国度，更少不了友情的身影。唐朝游学游宦风气逐渐兴起，很多读书人离开家庭，走向更广阔的社会。对于孤身在外、缺少亲情的游子来说，友情变得格外重要起来，最美好的友谊通过最美丽的中文留在了泛黄的唐朝宣纸上。这友谊是王维《送元二使安西》中充满温情的劝酒辞："劝君更尽一杯酒，西出阳关无故人。"是李白《闻王昌龄左迁龙标遥有此寄》中沉重的悠悠牵挂："我寄愁心与明月，随风直到夜郎西。"是刘长卿《逢雪宿芙蓉山主人》中风雪夜借宿的感激："柴门闻犬吠，风雪夜归人。"若要评选出唐诗中几段感人至深的情谊，那李白与杜甫、白居易与元稹之间的友情一定会被提及。

（一）

李白与杜甫相遇在公元744年，唐玄宗天宝三年初夏，那一年，李白四十四岁，杜甫三十三岁。在我们的印象中，李白永远是飘逸出尘的翩翩男子，他高唱着"欲上青天揽明月""人生得意须尽欢，莫使金樽空对月"，是英姿勃发、满怀激情的很纯很天真的形象，他好像从未老去。而杜甫更多时候是"白头搔更短，浑欲不胜簪""艰难苦恨繁霜鬓，潦倒新停浊酒杯"的满怀心事而从未年轻过的老者。这样的诗歌形象对比让我们感觉杜甫一定比李白年长！但历史就是这么颠覆，李白比杜甫年长十一岁，杜甫得管李白叫李大哥！

那时，李大哥正仕途失意，刚刚离开朝廷，取道洛阳回山东，而杜小弟则正雄心勃勃，在洛阳上层社交圈中积极活动，欲西去长安求取功名。中国历史上两位最伟大的诗人就是在这样一种情形之下于东都洛阳相遇了。近代学者闻一多说，两人的奇妙相遇就像青天里太阳和月亮相遇了。

当时的李大哥尽管是遭谗离京，但已经写出了《黄鹤楼送孟浩然之广陵》《春夜洛城闻笛》《金陵酒肆留别》《蜀道难》等著名诗篇，贺知章与之论诗，惊为谪仙，金龟换酒一时传为佳话，李白已是名满天下。

相比之下，杜小弟当时虽已写出像《望岳》这样的优秀诗篇，在东都洛阳的士大夫阶层中崭露头角，深得某些名流的赏识，也有了一定的名声，但与李白相比还只能算是初出茅庐的后生。

不用说，杜甫对李白是仰慕和崇拜的，而李白对杜甫也是相当赞赏的。英雄惜英雄，这两人一见面就觉得气味相投，虽有年龄和地位的差异，但丝毫不影响两人的情谊。他们一同驰马射猎，赋诗论文，亲如弟兄，甚至到了晚上喝醉了酒同盖一床被子睡觉，白天出游时手拉着手一同前行的程度。这可不是瞎说的，人家杜甫在《与李十二白同寻范十隐居》中亲口说"醉眠秋共被，携手日同行"，哥俩好，不掺假。

两人在一起交游了近两年的时间，相知已深，杜甫深深为这一位有才的友人所吸引。对于唐人来说，感情酝酿到一定程度就要写诗，杜甫出手不凡，其中一首七绝《赠李白》，十足概括了李白一生的天才不羁和生平的落拓，为李大哥画出了"一生小像"。

赠李白（其二）

秋来相顾尚飘蓬，未就丹砂愧葛洪。

痛饮狂歌空度日，飞扬跋扈为谁雄。

飘蓬，草本植物，叶如柳叶，开白色小花，秋枯根拔，随风飘荡，因此经常用来比喻人的行踪飘忽不定。李白、杜甫二人交往时在仕途上都失意，相约漫游，无所归宿，用飘蓬来比喻自己是很恰当的。

未就，没有成功。丹砂，即朱砂。葛洪，东晋道士。道教认为炼砂成药，服下可以延年益寿。李白曾经虔诚地求仙访道、采药炼丹，他幻想着佛学道箓能使自己长生不老，羽化成仙。两人在学道方面都无所成就，所以说"愧葛洪"。

李白超爱喝酒，"百年三万六千日，一日须倾三百杯"。一人独饮，他会"花间一壶酒，独酌无相亲。举杯邀明月，对影成三人"；与朋友对饮，他要"两人对酌山花开，一杯一杯复一杯"。杜甫和李白相交已深，当然对这一点十分清楚，"痛饮狂歌空度日"写出了李白自由挥洒，管它功名权位、富贵荣华的豪气。

"飞扬跋扈为谁雄"，李白是十分自信的人，他曾经轻尧舜、笑孔丘，这在奉儒守官的杜甫看来，是十分大胆的。正因为杜甫自己做不到这样傲视权威，所以他非常倾慕这样潇洒的李白，和自己不一样的李白。他眼中的李白神采飞扬，狂傲不羁，真堪称人间狂客，天上谪仙，酒中豪杰，诗坛巅峰！杜甫的这首《赠李白》，可以说是写尽李白一生风貌的传神之笔。

天下没有不散的筵席，杜甫和李白也不例外。他们有着不同的人生方向，分离是注定的。分别之际，李白写了一诗送给杜甫。

鲁郡东石门送杜二甫

醉别复几日，登临遍池台。
何时石门路，重有金樽开？
秋波落泗水，海色明徂徕。
飞蓬各自远，且尽手中杯！

李白总是乐观洒脱的，他相信以后还会有机会与杜甫相遇，一起大口喝酒，大口吃肉，大声谈笑。他认为分别是暂时的，于是说："飞蓬各自远，且尽手中杯！"干了这杯酒，各奔东西，后会有期。

之后李白便离别了杜甫而去远游江东。十一年后，在寒风中，安史之乱爆发，李白因为跟从永王而获罪，几乎被流放到夜郎去，虽然很幸运遇到大赦，在中途被释放了，但此后李白便一直过着漫游落拓的生活，甚至到了穷老无归的地步，不久，就结束了他传奇而坎坷的一生。而杜甫则在天宝乱后，先留陷长安，后四处奔走，受尽流离之苦，最终死在旅途之中。李杜二人当年匆促的一别，便成了千古的永诀，而终生未能再谋一面。

虽然两人没有再见过面，但两人的友情却没有断绝，这段友谊一直延续到了他们生命的终结。患难之间见真情，在李白被贬谪的过程中，杜甫始终最为关切，都有诗可以印证。李白被贬夜郎，杜甫为其担心，日有所思夜有所梦，李白多次进入杜甫的梦中，从《梦李白二首》我们可以看出杜甫的牵挂之情：

其 一

死别已吞声，生别常恻恻。

江南瘴疠地，逐客无消息。

故人入我梦，明我长相忆。

恐非平生魂，路远不可测。

魂来枫林青，魂返关塞黑。

君今在罗网，何以有羽翼？

落月满屋梁，犹疑照颜色。

水深波浪阔，无使蛟龙得。

其 二

浮云终日行，游子久不至。

三夜频梦君，情亲见君意。

告归常局促，苦道来不易。

江湖多风波，舟楫恐失坠。

出门搔白首，若负平生志。

冠盖满京华，斯人独憔悴。

孰云网恢恢？将老身反累。

千秋万岁名，寂寞身后事。

　　古代交通不发达，消息不能及时传递。杜甫虽然知道李白获罪被朝廷逮捕，而且被发配到夜郎去了。但是后来李白被赦免返回江东的事，杜甫却不知道。因此他十分牵挂李白，一连三个晚上都梦见了李白，他梦见李白从远方跋山涉水来跟他见面，然后又匆匆告别，梦里的李白头发都花白了，梦醒后，杜甫担心李白在流放的途中可能已经被溺死了，为李白鸣不平。诗中处处为李白的安危设身处地地着想，如此知心之作在诗歌史上很是罕见。

后来杜甫又写了《天末怀李白》《冬日有怀李白》《春日忆李白》等诗，这些诗充满了对李白的怀念、理解和同情。他一直挂念这位被朝廷判罪的故友，相信他对朝廷的忠诚，相信李白如果收到这些信，一定会感到安慰，毕竟在乱世之中，还有这样一位故友对他如此信任和挂念，应该说是十分可贵的。

（二）

白居易和元稹的情谊同样感人。白居易和元稹同年中进士，同年遭贬。在共同的人生窘境中，相知相互支撑，他们在一起的时间不超过六年，但是他们的友谊却超过了三十年，两人之间唱和往来诗歌从未间断，唱和诗竟有近千首！在尔虞我诈的黑暗官场里，他俩的友情成为各自闯过人生风风雨雨的巨大精神支柱，而且这份情谊至死不变，使人百感交集。

唐宪宗元和五年（公元810年），元稹因为得罪宦官被贬到江陵（今湖北荆州市西北江陵故城），元和十年（公元815年）才奉召回京。但回京两个月后，又被远贬通州（今四川达州、达县等市县地），正是这一年八月，白居易也因为越职言事被贬为江州司马。元稹在通州听说

诗坛高手为何多出唐代

白居易被贬，不顾自己病重在床，提笔给白居易写信，并且赋诗一首：

闻乐天授江州司马

残灯无焰影幢幢，此夕闻君谪九江。

垂死病中惊坐起，暗风吹雨入寒窗。

"垂死病中"的元稹被惊得坐起来了，可见他对白居易的不幸感同身受，极度震惊。不久，白居易收到了这首诗，被好友的关切之情深深感动，他在给元稹的信中写道："'垂死病中'这句诗，就是不相干的人看了都会感动得不忍再看，何况是我呢？到现在每次看到它，我心里还凄恻难忍。"这种心无嫌隙、情同手足的情谊怎么能不令人动容！

通州和江州远隔数千里，通信十分困难。元稹一收到信，知道是白居易写来的，还没有拆开就已经泪眼模糊。他的女儿吓得哭起来，妻子也忙问怎么回事。元稹告诉她们，自己很少这样动情，除了在接到白居易来信的时候。为此，元稹寄诗给白居易：

得 乐 天 书

远信入门先有泪，妻惊女哭问何如。

寻常不省曾如此，应是江州司马书。

　　白居易与元稹曾经约定，等哪一天，两人一同归隐田园，不问世事。可惜，还没等到退休，元稹就去世了，大和五年（公元831年），元稹病逝于武昌，消息传到洛阳，白居易伤心地写了三首《哭微之》来悼念这位最真挚的知己，缅怀彼此的友情，其中一首有这样四句：

今在岂有相逢日，未死应无暂忘时。
从此二篇收泪后，终身无复更吟诗。

　　"从此三篇收泪后，终身无复更吟诗"，表达了如伯牙为钟子期摔琴痛失知音的悲痛。白居易又为元稹写了墓志铭。在此后的岁月中，白居易多次写诗追忆元稹，两人的友情成为历史中不可复制的传奇，被称为"元白之好"。这样深厚的情谊建立在两人有共同的文学趣味和政治观念基础上，都是新乐府运动的倡导者，但更重要的是两人真心对待彼此，既能同享富贵，又可共同患难，不曾因死生贵贱改变情谊。

　　唐人已经远去，但唐诗默默地记载了他们的喜怒哀乐、音容笑貌，记载了唐人的亲疏别离、儿女情长。一个时代的文学作品反映着那个时代的社会，一个时代的社会土壤又孕育着文学作品。唐朝人的心胸和友谊历经千年，不减分量。"海内存知己，天涯若比邻。""桃花潭水深千尺，不及汪伦送我情。""莫愁前路无知己，天下谁人不识君？"如此之多令人感动、激动、震撼心灵的诗句，仍然能够感动你我。那是一个文人并不相轻的时代，那也是中国文人心胸最为宽广的一个时代！

第十九章

开放包容的唐朝有没有出色的女诗人？

古代中国是一个男权社会，男尊女卑，女性在受教育方面往往受到不公平的对待，不能接受正规的学校教育，唐代女性也是如此。部分文人学士家庭中的女孩，是家长亲自教育，但更多的官宦人家和普通家庭是聘请家庭教师进行教授，顺带教授同族女子和婢女。这样的方式，使得小部分女性能得到一些基础教育。并且，唐朝法律规定，如果男性官员获罪，其府中女眷要么被送入宫，要么进入教坊，并接受一定程度的文化教育。这就使得唐代出现一批有教养的妓女，唐时的伎与妓，相当于今天的舞蹈家、音乐家、歌唱家等。这些妓女，大多数能够歌唱诗词，有的还善诗能文，甚至精通琴棋书画，令当时的文人雅士大为倾倒。

　　同时，唐代是一个很特殊的时代，在思想文化上采取开放政策，儒释道三教并行，且最推崇道教。正因为崇道，出现了一个寄生的特殊人群：道士和女冠（"女冠"是女道士的别称，唐代女道徒皆戴黄冠）。在高宗和玄宗时当道士、女冠，待遇十分不错，不仅有田给，还可以免除课役、赋税。因此，女道士托身道观，一边享受着国家和社会的供给，拥有奴婢，没有劳作的辛苦，一边学习文化、吟咏诗句。这种闲适的生活，使女道士们产生了与一般世俗妇女不同的情趣。作为出家人，她们获得了与家庭以外的男性交往的自由，和男性诗人唱酬往来，交友畅谈，相对平等。这样的社会环境，使得唐代女冠诗人盛行。《全唐诗》收录的女性诗作中，以女冠诗人数量最多，质量最高。

（一）

唐代的女诗人来自社会的各个阶层，上自皇后、公主、嫔妃，下至民女、女冠、娼妓，都有存诗。其中，官妓薛涛，女冠李冶、鱼玄机，是当时三位最负盛名的女诗人，且丝毫不逊于唐朝大部分男诗人。女性天生敏感细腻的特点在她们的诗中各有体现，以诗为媒，诉说柔肠。

若单论三人诗歌的造诣，恐怕是鱼玄机第一，薛涛次之，李冶最末。

口说无凭，有诗为证，我们先来欣赏鱼玄机的作品《赠邻女》：

> 羞日遮罗袖，愁春懒起妆。
> 易求无价宝，难得有心郎。
> 枕上潜垂泪，花间暗断肠。
> 自能窥宋玉，何必恨王昌。

据说这首诗是鱼玄机为了安慰被情人抛弃的邻女

诗坛高手为何多出唐代

而写。

诗的首联画出一个日上三竿还掩面而睡，没有心思梳妆打扮的弃妇形象。"羞日遮罗袖，愁春懒起妆"，真的是"愁春"吗？春回大地，万物复苏，应该是欣欣向荣的景象，怎么会愁春，怎么会怏怏不振？颔联"易求无价宝，难得有心郎"便解答了我们的疑惑。因为有情有义的情郎太难求了！无价宝本来是十分难得的，但相对于一位知冷知热可遇不可求的真心情郎来讲，都算是简单易得的了。这句诗用反衬的手法说出诗人内心的遗恨，诉说爱情追求的艰难和痛苦。

古代的女人毫无地位，常被男人随意冷落抛弃，男子可以妻妾成群，女子却只能从一而终，不能自由恋爱。腐朽的制度，造成许多男子在爱情上喜新厌旧，情意不专。因而鱼玄机说女子要想寻得一个有情有义的丈夫，比寻求一件无价之宝还要艰难。颈联"枕上潜垂泪，花间暗断肠"进一步描写女性在爱情中受到委屈、受到不公平待遇的情状。她们在半夜偷偷流泪，沾湿枕巾；在赏花时节情绪低落，触景生情，黯然神伤，日夜相思。这是受了情伤后哭哭啼啼，在婚姻爱情中处于被动地位的形象塑造。以上三联既是邻女或者自己的写照，又极其具有普遍性。

如果仅仅如此，这首诗也只能算一般水平的诗。但鱼玄机在尾联力拔千斤，写出了震古烁今的两句诗："自能窥宋玉，何必恨王昌。"宋玉和王昌是两个人物典故。宋玉是战国时代楚国的大夫，容貌俊美又是屈原之后最著名的辞赋家。他在《登徒子好色赋》中说自己家隔壁住着一位女子，长得特别漂亮，不高不矮，天生丽质，眉如翠羽，肌如白雪；腰如束素，齿如含贝；嫣然一笑，风情万种。这样的佳人却对宋玉动心了，隔着墙偷看了他三年。后来的人们就以"窥宋"指女子对意中人的爱慕。王昌，三国时代的人物，官职为散骑常侍，姿容俊美，标准的翩翩美男子，是当时女子心目中的白马王子。后世诗中常以王昌指代容貌俊美又富有才情的官宦子弟。

鱼玄机用"自能窥宋玉，何必恨王昌"告诫邻女，女性应该主动追求自己的心上人，应该去选择更好的夫婿，何必为了一个薄情寡义的人就整天悲悲戚戚要死要活。今天的我们可不要小看了这样的思想，这是很了不起的，敢爱敢恨，真切热烈，有着强烈的女性自觉意识，也使整首诗迸发出震撼人心的力量。

原来，鱼玄机十五岁时嫁给一个叫作李亿的人为妾，有过短暂的恩爱缠绵，但李亿明媒正娶的妻子不能容忍鱼玄机的存在，对其处处刁难。后来夫君李亿对她也渐渐冷落，在鱼玄机十六岁时就将她抛弃了。唐代妾的身份十分低下，可以随意被买卖或送人。这首诗是鱼玄机以切身的生活经验得出的痛苦心声，是对封建社会中妇女普遍遭受不幸婚姻的高度概括，喊出了被侮辱被损害妇女的苦闷之声。

　　具有超前女性意识的诗歌不止这一首。自有科举以来，女性都没有资格参与，很多女性也不在意，甚至认为理所当然，心甘情愿接受男权社会的欺压和奴役。但鱼玄机却对这样的科举制度萌生了不平的意识，并借《游崇真观南楼睹新及第题名处》一诗予以表达：

　　　　云峰满目放春晴，历历银钩指下生。
　　　　自恨罗衣掩诗句，举头空羡榜中名。

　　鱼玄机身为女道士，有机会到各个道观游览，有一天，她偶然到了崇真观，恰巧赶上了进士及第的名单在那里放榜。唐代的礼部考试在春季举行，便是"春闱"。首句"云峰满目放春晴"也点明了季节，云峰放晴，满目春色。鱼玄机仔细观看了榜中姓名，那一个个刚劲有力的名字都是考官千挑万选点出来的，因此她说"历历银钩指下生"。这两句写出了诗人对及第士子一举成名、踏上仕途的羡慕之情。

　　诗人在别人的"春风得意"中想到了自己："自恨罗衣掩诗句，举头空羡榜中名。"唐代进士考试以诗取士，自己满腹诗才，却因身为女子，没有资格参加，更别说和他们一样金榜题名了，极其羡慕又无可奈何。一个"空"字，将她的内心世界完全地表现出来，诗人有这样的觉醒，难能可贵。

<h2 style="text-align:center">（二）</h2>

排名第二的官妓薛涛，字洪度，父亲是一名京都小吏，安史之乱后居住在成都。薛涛年幼时就显出过人的天赋，八岁能够吟诗，她的父亲曾以"咏梧桐"为题，吟了两句诗："庭除一古桐，耸干入云中。"薛涛应声答道："枝迎南北鸟，叶送往来风。"薛涛的对句似乎预示了她一生的命运。

十四岁时，父亲去世，薛涛与母亲相依为命，迫于生计，薛涛凭自己过人的美貌及精诗文、通音律的才情开始在欢乐场上侍酒赋诗、弹唱娱客，被称为"诗伎"。十六岁成为剑南西川节度使府中的官妓。唐朝的这种官妓主要是表演才艺，达官贵人们也喜欢与这样有文化的女子来往。当时与薛涛诗文酬唱的名流才子很多，如白居易、牛僧孺、令狐楚、张籍、杜牧、刘禹锡、张祜等，其中不少人和薛涛建立了深厚的友谊。据说因为有薛涛的存在，诗人们每写出一首诗，第一个想给皇帝看，第二个就想给薛涛看。因为皇帝是男性权威的化身，而薛涛是女性品味的代言人。在当时的社会，薛涛能够得到男性的肯定和尊重，靠的就是她不卑不亢的态度和绝妙的才情。

古人喝酒喜欢行酒令，像《红楼梦》里没文化的薛蟠聚会时都说出了"一个蚊子哼哼哼"的酒令。《纪异录》记载，高崇文任剑南西川节度使时，经常举行聚会，薛涛常常有出色的表现。在一次欢饮中，依旧是薛涛作陪，高大人来了，自然是要以酒令助兴的。当时高大人说了一句"口似没梁斗"的行酒令，"口""斗"这两个字是押韵的，而且口字的形状就像是个没有"梁"（柄）的"斗"。薛涛马上接了一句："川似三条椽。""川"字三根竖线，确实像三条椽子，椽是装于屋顶以支持屋顶盖材料的木杆，而且"川""椽"也押韵，对得非常好。这个高大人故意挑毛病，说："你这三条椽子，第一条怎么是弯的呢？"薛涛应声答道："高大人当剑南西川节度使这么大的官儿，用的都是没有柄的破斗。我不过一介陪酒的妇人，家里的椽子有点弯，有什么好奇怪的呢？"此语一出，满堂喝彩。

在薛涛的有生之年，剑南西川节度使总共换过了十一位，但正因为她机敏善辩，每一位都对她十分青睐和敬重。

虽然薛涛不是一个普通的乐妓，她有着自己的立场和追求，能得到官场名人的尊重，但毕竟身为官妓，这样逢场作戏的日子久了，她也厌倦了。后来，薛涛出钱将自己从乐籍中赎了出来，搬到了浣花溪边住，开始施展她的另一项绝世才华——造纸。她把乐山特产的胭脂木浸泡捣拌成浆，加上云母粉，渗入玉津井的水，制成红色的彩笺。笺上有松花纹路，专门用来誊写自己的诗作。这个发明得到了古人的肯定，取名"薛涛笺"，并将其与古今绝艺南华经、相如赋、班固文、马迁史、右军帖、少陵诗、达摩画、屈子离骚并称，可见薛涛笺的地位。薛涛晚年过上了隐居生活，62岁去世，当时的剑南西川节度使段文昌亲手为她题写了墓志铭，并在她的墓碑上刻上"西川女校书薛涛洪度之墓"。

《送友人》一诗是她的代表作之一，向来为人传诵，是可与"唐才子"们竞雄的名篇。

> 水国兼葭夜有霜，月寒山色共苍苍。
> 谁言千里自今夕，离梦杳如关塞长。

诗歌前两句描绘了秋天月夜凄清的景象，表达一种友人远去、思而不见的怀念情绪。后两句中"杳"是远而不见踪影的意思。诗中是指离别后遥远得连"梦魂"也难以飞越，写出了思念之苦和相思情意的执着。薛涛和李冶、鱼玄机相比少了几分痴儿怨女的哀怨，多了几分纵谈古今

诗坛高手为何多出唐代

的明朗风度。她的诗，大多立意深远，气魄雄大，这首《送友人》正是如此。

（三）

排名第三的女诗人李冶，字季兰，是中唐著名的女冠诗人。天宝年间，玄宗听闻她的诗才，曾特地召她赴京入宫。

她容貌俊美，天赋极高，从小就显露诗才，颇有文才。六岁时写下一首咏蔷薇的诗，其中有这样两句："经时未架却，心绪乱纵横。"她父亲认为不祥，"架却"谐音"嫁却"，小小年纪就知道待嫁女子心绪乱，长大后恐失妇德。出家为女道士后，她又与许多诗人鸿儒交游，酬咏甚多。其中诗歌《寄朱放》《送阎二十六赴剡县》等诗一扫从前女性作家的羞涩之态，坦然面对男女社交，这在之后千年的历史上都是罕见的。

李冶的诗以五言擅长，很多酬赠遣怀之作。但她最著名的诗是讨论夫妻关系的《八至》：

> 至近至远东西，至深至浅清溪。
> 至高至明日月，至亲至疏夫妻。

由于首字"至"在诗中反复出现八次，故题名《八至》。诗人由东西方向的远近、溪水的深浅、日月的高远明亮，想到了夫妻关系的亲和疏。夫妻间可以生死与共相濡以沫，亦可以形同陌路甚至不共戴天。诗人李冶用比兴的手法，托物寓理，提出了对世俗夫妻关系的独特见解。

这首诗是对"夫为妻纲"要求妻子无条件绝对服从丈夫获得美满婚姻的反叛和揭露。李冶写出这样的诗，不仅需要有痛苦的人生体验，更需要有勇气和见识。

暮年被玄宗召进宫的李冶，正栖身著名的花都广陵。接旨后，只得应命北上。只可惜，公元784年，因事被德宗处死。

以上就是伟大的唐朝最负盛名的三位女诗人，她们用真情和至性留下一篇篇生命的诗歌，为高手如云的唐朝诗坛添上一抹女性特有的柔情。

第二十章

唐诗对后世有何影响？

在后人心目中，唐诗是高水平诗歌的代名词，和宋词、元曲、明清小说并列为我国古代文学艺术宝库中四颗璀璨的明珠。作为诗歌发展的最高峰，唐诗的影响实在太大了，成为后人学习诗歌创作的样板。

可以说，唐诗一直被模仿，却从未被超越。先是紧接唐之后的宋代人，既绕不过唐诗独辟蹊径，又写不出超越唐诗的诗歌作品，只好老老实实地学习与研究唐诗。如宋初诗坛声势最盛的一个诗歌流派，学的就是晚唐李商隐的风格，叫作"西昆体"。

还有一个学白居易的流派，形成的诗风叫"白体"。到后来欧阳修学习韩愈，黄庭坚等江西诗派学习杜甫，几乎所有诗人都从唐人那里找到学习榜样。

明代人不甘下风，甚至喊出"诗必盛唐"的口号。学习唐诗的风气到清代仍旧没有衰减。

在清代，如果有谁说写诗没有必要学习唐诗，那这个人肯定会被认为标新立异。

值得注意的是，在康熙和乾隆时期，开设了博学鸿词科，又将诗、赋纳入科举取士的范畴中了。这样一来，所有士子都要学作诗了，孩子的诗歌启蒙教育开始得到重视。

我们熟知的清代康熙年间编纂成的《全唐诗》，一共五万多首，一般人是没有时间和精力阅读的，更别说小孩子了。"弱水三千只取一瓢饮"，因此，在清代中叶，出现了一个唐诗童蒙选本《唐诗三百首》。

《唐诗三百首》不仅供儿童启蒙之用，也适合老年人诵读，实现了长幼咸宜雅俗共赏的效果。这个选本入选的作品差不多都是经过一千多年淘汰、得到历代人认可的好诗，其作者的社会身份包括皇帝、名臣、布衣、和尚、歌女乃至无名氏。

《唐诗三百首》一经出现，便风行海内，几乎家家都藏有一本。

大家可能会好奇，这么一本唐诗选"畅销书"是谁编的？编者名叫孙洙，别号蘅塘退士。在他那个时候就有谚语"熟读唐诗三百首，不会作诗也会吟"了。他的《唐诗三百首》收录了七十七家诗，共三百一十一首，杜甫的诗入选最多，有三十八首，其次王维诗二十九首、李白诗二十七首、李商隐诗二十二首。

还有一个很有意思的问题：《唐诗三百首》里真的全是唐诗吗？

因为唐诗流传到清代已经一千多年了，到孙洙的时代，把别的朝代的诗误编进去也是有可能的。当代学者莫砺锋提出《唐诗三百首》里确实有一首不是唐诗，便是《桃花溪》：

隐隐飞桥隔野烟，石矶西畔问渔船。

桃花尽日随流水，洞在清溪何处边。

这首诗经过莫砺锋的考证，确证为宋代人蔡襄的作品《度南涧》，而不是唐朝人张旭的作品。瑕不掩瑜，《唐诗三百首》依旧为唐诗的传播和普及起到了功不可没的作用，我们今天仍可以将它作为唐诗最好的入门书籍。

（一）

唐诗实在是太美了！它那凝练的词汇配合着铿锵的韵律，展现了唐朝人丰富多彩的精神世界，不仅为后代诗歌发展提供了宝贵的借鉴，更为后世提供了无穷的文化资源。

宋朝人写了很多诗，认识到实在不可能超越唐朝了，就在词上大力开发，并取得了很高的成就。堪称能与唐诗媲美的文学体裁宋词，和唐诗没有任何关系吗？当然不是。宋代词人在创作词的时候，往往把万紫千红、美不胜收的唐诗作为文学传承的因素，巧妙地、不着痕迹地化入词中。尤其在北宋时期，这种情形特别多。像大词人苏轼，他的一句"欲待曲终寻问处，人不见，数峰青"（《江城子·湖上与张先同赋》），就是融入了唐朝诗人钱起《湘灵鼓瑟》"曲终人不见，江上数峰青"的诗意。

不仅是宋词，还有宋代的园林建筑。由宋代园记散文可知，唐诗对宋代园林影响深远。园林的空间建造，园主人的生活方式，园林的取名都和唐诗密切相关。

宋代园林的主人尤其喜爱唐诗，很多园林是以唐诗里的意境为参照，唐诗成为园林造景的范本。宋代一位叫潘時的人，自幼喜欢杜甫，十分喜爱杜甫《游龙门奉先寺》中的"阴壑生虚籁，月林散清影"，诗句描绘了幽暗的山谷风声阵阵，清凉的月光洒在林木上，树影婆娑的情态。于是潘時修建了一间屋子，四面都种竹，取诗中两字"月林"做名字，叫作"月林堂"，完全就是按照杜甫的诗意修建的。

将自己的园林以唐诗题名的就更多了。一位叫作吴倓的宋代人，有一座亭子。这个亭子的前面有竹子，后面有荷花，和杜甫的"风含翠筱娟娟静，雨裛红蕖冉冉香"描绘的景致十分相似，于是他就将这亭子取名为"静香亭"。这样的例子数不胜数，可见宋朝人对唐诗的喜爱以及唐诗的魅力。

唐诗对武侠小说也有影响。以梁羽生、金庸为代表的新派武侠小说，因加入了唐诗使得世俗文学增添了不少文雅气息，可以看作是中国传统文化的延续。梁羽生小说中的诗词，脱胎于唐诗宋词，自成一格。他的小说的特点是刀光剑影中夹杂着诗词歌赋，不少人名脱胎于唐诗的灵感，比如《七剑下天山》的凌未风，就是出自孟浩然诗句："潮落江平未有风，扁舟共济与君同。"

金庸小说里一招一式的名称，也常常别有玄机，充满了诗情画意。《笑傲江湖》里的令狐冲使用的招数"古柏森森"和"无边落木"分别来自杜甫的《蜀相》："丞相祠堂何处寻？锦官城外柏森森。"《登高》："无边落木萧萧下，不尽长江滚滚来。"令狐冲的师弟林平之使用的"天绅倒悬"来自韩愈的《送惠师》："是时雨初霁，悬瀑垂天绅。"它指的是瀑布飞流直下的样子。而令狐冲的师父岳不群使用的招数"青山隐隐"来自杜牧的《寄扬州韩绰判官》：

青山隐隐水迢迢，秋尽江南草木凋。
二十四桥明月夜，玉人何处教吹箫。

岳不群是一个心机很深的人，平常表现为一个谦谦君子，让人看不清他的真实面目，但实际是个伪君子，就如"青山隐隐"一样。那远处隐隐约约的青山，平时安稳不动，一动则如山崩之势震惊天下。灭绝师太使用的"轻罗小扇"也是来自杜牧的《秋夕》：

银烛秋光冷画屏，轻罗小扇扑流萤。

天阶夜色凉如水，坐看牵牛织女星。

　　唐诗的加入，让武侠小说的武功招式顿时显得古色古香，充盈着文化底蕴。不仅如此，唐诗还可以直接作为武侠小说绝美的潜台词。像金庸在《神雕侠侣》的结尾处使用了李白的作品，很好地形容郭襄与杨过之间永远不可能的结局。

　　秋风清，秋风明；落叶聚还散，寒鸦栖复惊。相思相见知何日，此时此夜难为情。

　　金庸没有直白挑明，而是用诗歌增加了感伤的氛围，让结局在朦朦胧胧的诗境里隐隐彰显，余味无穷，使小说更有可读性和文学性了。

（二）

　　唐诗的影响不仅仅在国内，它还直接影响到海外如日本的文学创作。日本第一部长篇小说《源氏物语》曾多次引用白居易的诗歌以及元稹、刘禹锡等人的诗句。更可喜的是，一些唐诗甚至被翻译成了外语，成为经典。

20世纪著名美国诗人庞德，曾经翻译了李白的歌行《长干行》，在国外流传很广。这首诗写的是商妇的爱情和离别，"青梅竹马""两小无猜"两个词语就出自这首诗。

长 干 行

妾发初覆额，折花门前剧。

郎骑竹马来，绕床弄青梅。

同居长干里，两小无嫌猜。

十四为君妇，羞颜未尝开。

低头向暗壁，千唤不一回。

十五始展眉，愿同尘与灰。

常存抱柱信，岂上望夫台。

十六君远行，瞿塘滟预堆。

五月不可触，猿鸣天上哀。

门前旧行迹，一一生绿苔。

苔深不能扫，落叶秋风早。

八月蝴蝶黄，双飞西园草。

感此伤妾心，坐愁红颜老。

早晚下三巴，预将书报家。

相迎不道远，直至长风沙。

这首诗本身就很美，它把一个女孩子的感情写得十分纯真。纯真永远是天下最可贵的一种品质。这样美好的作品，再经过庞德的优美翻译，自然而然成为世界文库中宝贵的财富。

The River–Merchant's Wife：A letter

Ezra Pound

While my hair was still cut straight across my forehead，

I played about the front gate，pulling flowers.

You came by on bamboo stilts，playing horse，

You walked about my seat，playing with blue plums.

And we went on living in the village of Chokan：

Two small people，without dislike or suspicion.

At fourteen I married My Lord you.

I never laughed，being bashful.

Lowering my head，I looked at the wall.

Called to，a thousand times，I never looked back.

At fifteen I stopped scowling，

I desired my dust to be mingled with yours，

Forever and forever and forever.

Why should I climb the look out?

At sixteen you departed，

You went into far Ku-to-en,

by the river of swirling eddies,

And you have been gone five months.

The monkeys make sorrowful noise overhead.

You dragged your feet when you went out.

By the gate now, the moss is grown, the different mosses, Too deep to clear them away!

The leaves fall early this autumn, in wind.

The paired butterflies are already yellow with August,

Over the grass in the West garden;

They hurt me.

I grow older.

If you are coming down through the narrows of the river Kiang, Please let me know beforehand,

And I will come out to meet you,

As far as Cho-fu-Sa.

当然，由于语言的差异和文化的欠缺，这首诗的翻译还有不足之处，如"郎骑竹马来，绕床弄青梅"两句，形容小孩子之间游乐玩耍，两小无猜。其中男孩跨着竹竿当马骑的意象在中国，是广为人知的，现代戏曲里仍有保留。但是庞德没有理解，如果这一句表达为下面的内容可能会更好：

I pulled a bunch of flowers，playing around the front gate.
You mounted a bamboo stilt as a horse，riding towards me.

《长干行》的翻译虽然有一点点不足之处，但作为翻译文学已经很了不起了。正是这首诗的成功翻译，使中国优秀的诗歌作品登上了世界诗坛，为外国人了解唐诗，了解中国古典文化做出了功不可没的贡献。

（三）

说到这里，我们不禁会想，唐诗离我们已经一千多年了，对今天的人们还会有什么影响吗？诗是什么呢？诗其实就是人的生命，诗就是人心的苏醒，是离我们心灵本身最近的事情，是从平庸、浮华与困顿中，醒过来见到自己的真身。唐诗是充满激情、热情的生命之歌。

唐诗的魅力，就在于它用最凝练的语言表达了最广博最深刻的感情。

今天父母给孩子教的第一首诗，大多是李白的《静夜思》：

床前明月光，疑是地上霜。

举头望明月，低头思故乡。

　　孩童时可能不能理解，但当我们长大后离家千里，与父母分隔两地，在深夜之时，对着明月，恐怕自然就会明白"举头望明月，低头思故乡"的思念之情。

　　过年过节，也会不自觉吟出"独在异乡为异客，每逢佳节倍思亲"；孤独时会想到"前不见古人，后不见来者。念天地之悠悠，独怆然而涕下"；和友人分离，也许能说出"劝君更尽一杯酒，西出阳关无故人"；在遭遇困境时，"沉舟侧畔千帆过，病树前头万木春"难道不会给我们力量？

　　旅游休闲，看到眼前的美景，更会情不自禁地想到唐诗。登高就会想到"欲穷千里目，更上一层楼"；观雪就会吟唱"忽如一夜春风来，千树万树梨花开"；欣赏瀑布就会联想到"飞流直下三千尺，疑是银河落九天"；进入深山里会想到"明月松间照，清泉石上流"，想到"远上寒山石径斜，白云深处有人家"。

　　唐诗几乎为所有的景色都题写了绝妙的解说，它是活着的语言，是民族的语言。

　　这就是唐诗，诗人在里面尽情展示着生命的各种状态，展示着雄浑博大，气势磅礴，展示着自由和开放。

唐代第一流的诗人，都是要拿出自己生命的美好，要做一点事情，都是想要让自己的才智得到充分的表现。读唐诗，我们常常看到一个个鲜活的灵魂，一个个独具匠心的生命，不管是辉煌还是落魄，入仕还是归隐，虽然时空相隔千载万里，他们的喜怒哀乐仍然与我们同在。

　　而我们，依旧可以从唐诗中汲取丰富的养料，来滋养我们的心田。